成长之路

⊙周淑屏 著

逆境强心针

上海古籍出版社

序

《逆境强心针》是根据两年前出版的《一朝失意Ⅱ》加强、整理而成的。

1997 年当我写《一朝失意》的时候，正逢金融风暴，失意的人多，所以励志书受到欢迎。现在，情势似乎比当时更艰难，我们需要更多的心灵复苏。

整理这本书之前，我曾深思：怎样才是一本好的励志书呢？

它不能像童话，轻轻一笔带过，就说主人翁会幸福快乐地生活下去。

它不能一味宣扬好人有好报，或者说一切奇难杂症在爱里面都能够治好。

它不能只说所有乌云都有银色的边际、黑夜过后定有光明、暴风雨后必有晴天……。

我认为，励志故事，是以生命影响生命，共通点是，我们都是活生生有血有肉的人，我们都会受伤、都会软弱、都会宁愿藏起来舐伤口……。

励志故事中，最重要的，是挣扎过程的描写，是背后推动力的成因，是将一滴汗、一滴泪、一滴血放在显微镜下重温，是跌倒后的再起，软弱后的苦撑……。

然后，听故事的人才知道——世上不是我最苦。最苦的事情，现在一脸笑容的人曾经历过；最卑微的日子，现在风风光光的人曾经走过。

然后，别人的经验，成为我们摔倒时的软垫，成为我们伤口的镇痛剂；别人的现况，成为我们挣扎的盼望。

诚望这本《逆境强心针》里的故事，真的能够成为你的生命强心针。

周淑屏

逆境强心针

目录

第一章

自强不息

李力持——无苦焉有乐 / 2
梁芷珊——懂得在低潮前转弯 / 9
李健达——走出低潮也许不易 / 16
钟伟民——一天之内四大皆空 / 21
梁玳宁——自强婚姻之道 / 26

第二章

为爱而活

马美清——为爱而活 / 32
梁记英——丈夫出了家 / 39
方宝妮——为生命中有低潮而感谢 / 46
郑金妹——寻回自尊是自救的开始 / 52
文宝婵——小朋友口中的“开心阿姨” / 59

第三章

处世哲学

莫云汉——没市场的处世哲学 / 66
吴兆文——将中医与心理治疗结合 / 72

张淑娴——不尽甜蜜的创业经验 /79
张毅成——四次失落三次因为爱情 /86

不惧风雨

郭惠娴——家里预备了一张轮椅 /94
周礼仪——在绝望之中有祝福 /100
伍洁莹——每一天都是赚回来的 /106
梁嘉丽——对义务工作不离不弃 /112

附录

你可能患了忧郁症！/116

第一章 自强不息

李力持——无苦焉有乐

“人生就是一场角色扮演的游戏，越过每一难关，都会增添力量，成功的力量会以倍数增强。”

导演李力持这样归纳自己的特点：

(1)是牛年出生的金牛座，注定劳碌。

(2)天生是热底的人，一劳气就会热气、生暗疮、便秘。

(3)家住美孚，因而被封(自封?)为“美孚机神”，对游戏机、相机、摄录机等无一不通。

要访问李力持，人人都说这个人一帆风顺，有什么失意?求证当事人，也的确没有经历过什么大低潮，但在电影行这么多年，起起落落总是有的。他认为，有些事情，懂得面对，懂得处理，就不容易堕进低潮。根据对他的认识，这不会是风凉话，而是他对人生的体会和智慧。虽然他没经过多大风浪，但他面对低潮、逆境有自己的看法，而且妙论连连，处处与他归纳的三大特点相呼应。

他幼年家穷，弟妹又多，母亲为人车衣服帮补家计，他才十岁就要拱起几十斤的衣服，帮母亲送货，回家还要煮饭给弟妹吃。

他中六辍学，找到了仓务员的工作，因为勤力，老板赏识他，说会升他做文员。他想：做仓务员是在货仓里“坐监”，就算做得好升了职，也只是换到货仓外的办公室“坐监”而已，有什么前途？于是他另作打算、另谋出路。因为自小喜欢看电影，又觉得当时两间电视台的电视节目不好看，就立志进军电视台，他分别写信给亚视和无线，自荐做PA（助理编导），希望他们有空缺时会想到他。信寄出去没回音，他没有气馁，每星期还是往两间电视台各寄一封信，连续寄了三、四个月之后，终于得到无线的回音，叫他去面试。

见他的是钟景辉，他因为太紧张，表现不好，回家很不开心，但他只是不开心了一会儿，就拿起笔来写了一封信给钟景辉，告诉他自己表现不好的理由，还再一次表达了自己对这份工作的热诚和抱负。不知道是因为这封信，还是本来就会请他，他得到了助理编导的工作。

许多过来人也说助导过的是“非人生活”，没日没夜的工作，还要被人呼来喝去。李力持那时发誓要成为全公司最好的副导演，任劳任怨地工作。他有没有成为全TVB最好的副导演没人能答，但他在当了PA九个月后升做AA（统筹），他又发誓要成为全公司最好的AA，埋首工作，试过一个星期没回家，就睡在拍摄厂中。

做了一年AA，他升为导演。由PA到导演，只用了一年零九个月的时间，别人通常最快也要三年才能得到晋升。因为升得这么快，他常听到一些Cameraman（摄影师）的冷言冷语，说他是擦鞋仔、没“料”到，他于是又发誓要成为全公司最好的导演。打从那时开始，他的志向是成为一个商业上的好导演、一个好的商业导演，就像史提芬史匹堡一样。后来转到电影

发展，第一部做执行导演的是《龙的传人》，正导演是李修贤，主角是周星驰。

做导演的辛苦，不足为外人道，而且压力很大。那时连续拍戏三、四十小时是常事，累得连叫 cut、叫 camera 也叫不出声。而且辛苦过后还是辛苦，好像永无穷尽似的。

因为压力太大，他破了不在家人面前、不在女人面前说粗话的戒。一次拍了连日连夜的戏，正想回家和家人安安静静吃一顿饭，一个 PA 为了些鸡毛蒜皮的事打电话给他，还死缠不休，他不自觉地骂了一句粗话，话说出口，他才发觉这句话是在全家人面前说的。他说一直认为自己是一个带眼镜的文化人，在家人面前说粗话太不应该了。

另一次因为一个女导演拍戏过了 Deadline，还死不认错，他一气之下用粗话骂她，女导演圆瞪杏目，问他为什么对一个女人这么没礼貌，他才察觉到自己竟第一次在女人面前说粗话。

虽然拍戏压力大，他反省发脾气骂人也是不好的，而且他知道自己是“热底”，一发脾气就会长暗疮、便秘、热气，于是他训练自己尽量不劳气、动气。发脾气不是办法，重要的是解决问题。他是一个乐观的人，面对任何一件事情，也假设问题是一定可以解决的，然后耐心地逐步对付。就像拍戏，他也会先假设这场戏一定有得度，面对任何事，他不相信只有死路一条。

他说：有些人总希望一切环境也适应他、将就他，稍有阻滞就接受不了。例如现在市道低迷，许多人说要打击翻版，认为没有了翻版，电影市道就会好。他认为打击翻版是重要，但

也要承认现在电影市道是低迷，更要积极地另谋出路。例如他就会多接触其他媒体，如电台、电视台、书籍出版、报纸等，看看有没有合作机会，不会坐着自怨自艾。他从不相信会有怀才不遇，认为好剧本一定有人赏识，许多编剧 sell 剧本，失败了一次就认为没人会欣赏，变得一蹶不振，他认为这是自己令自己怀才不遇而已。

对他来说，人生中较大的逆境，是执导的《情圣》这部片反应不好。他初拍《龙的传人》反应很好，满怀信心地拍下一部电影《情圣》，结果是有好演员、好档期、好院线，《情圣》却双线输给单线的《雷洛传》。

《情圣》反应不理想之后，他坐了很久的“冷板凳”，《龙的传人》与《情圣》的成绩大上大落，是不容易适应的，他发誓要记取这一次教训，拍每一套戏都要尽全力，要当这是自己的最后一部戏去拍好它。因为电影行跟红顶白，投资者只会找一班正在行运的人去拍戏；一沉百踩，一行衰运就可能没有人会再找你。

从此他奋发去写好剧本。那时他和友人的工作室在太子道，那是一层很旧很旧的唐楼，几乎到处漏水、发霉、掉批荡。全屋只有他用来写剧本的一个角落是完好的。这个地方像地狱一样，阴森森的，听说晚上还闹鬼，但他坚持自己一定要写好整个剧本才能离开这个鬼地方，一定要有一个完整的剧本才开拍下一部电影。

他说自己是牛年出生的金牛座，注定一生要劳劳碌碌、营营役役，他认为只要不怕辛苦，勤勤力力，发挥人性的优点、祖先遗传下来的优点(DNA)，就能解决问题。他分析自己不是非常贪慕虚荣和权位的人，不怕一切返回零、由零开始，也不怕返回原位再来过，毕竟自己生活所需有限，而且重新来过也充满了挑战性。

对于人生历经的痛苦与逆境，他有一番体会、一番妙论。对他来说，痛苦很快会忘记，反而会记得开心的事情。人生不如意事常八九，如果能做到苦乐参半就已经是赢了。

他领悟到“无苦焉有乐”?欢愉总是短暂的，但就是短暂才值得珍惜。

有人会问：做人究竟是好还是不好呢?

他认为不好的是人必有一死，然而，人生的过程中会有乐趣。无苦焉有乐?努力拾取人生悲苦丛中的快乐的人，会是最终的赢家。他说有时处于低潮时痛苦到想死，但他不相信上帝让你生存，却只给你死路一条，他让你遇上逆境，只是给你机会让你取得经验。

他认为人生就是一场角色扮演的游戏，越过每一难关，都会增添力量(power)，成功的力量会以倍数增强。但无论成功、失败，都会取得经验值，都会增强能力，最终必定可以“打爆机”。

“打爆机”?这位自诩“美孚机神”的大导演，原来是喜欢流连信和的游戏机爱好者，他以成功、失败都会取得经验值的态度，来面对人生顺逆，你不难在他拍竣每一部电影的辛苦过后，在他脸上看见孩子“打爆机”后的天真笑容。

[逆境强心针]

1　快快忘记痛苦，记住开心的事情。人生不如意事常八

九，如果做到苦乐参半已经是赢了。

2　不要怕由零开始，也不要怕返回原位再来过，因为重新来过也充满了挑战性。

3　人生就是一场角色扮演的游戏，越过每一难关，都会增添力量，成功的力量会以倍数增强。

梁芷珊——懂得在低潮前转弯

“她从来不会说自己不好运,总是说自己好运,因为认为自己好运的人,才会有好运上门。”

谁都说漂亮的女孩子“招数多”,事事顺利,究竟事实是不是这样?是否漂亮的女孩子就会蒙上天眷顾,万千宠爱在一身呢?

读书的时候,梁芷珊是理工的校花,更被发掘为时装模特儿,又拍电视剧,在校内风头一时无俩。毕业后成为高身价当红模特儿,男朋友是广告界红人练海棠,因缘际会,她还加入填词界,一出道就成为触目新星。在每个月填几首词便可衣食无忧的日子,她放弃了模特儿的工作,未几成为 Mexx 的市场部经理,然后出版小说,在报章杂志写专栏。这样内外兼备,在别人眼中是轻易赢得全世界的女孩子。到底她的成功,是否别人口中一句好运就能够全然概括呢?

让我们看看这些好运的后面,有多少努力存在。

当梁芷珊还是当红 model 的时候,她观察许多同行的朋友,做得很好、红透半边天的,也顶多只有六、七年的风光日子,然后就会走进事业的低潮,她们多会转到别的行业,例如去拍戏做闲角,或是在电视台做二、三线角色。模特儿这行业的寿命似乎只有五、六年,然后就没路行了。

她害怕自己会像这些前辈一样,光辉过后变成载浮载沉、不红不黑,于是在理工努力读书,一面又另作打算,开展自己的填词事业。

她当时的男朋友练海棠与华星的掌舵人汤正川相熟,汤找他尝试填一首词,但他不是这种材料,想了大半晚也想不出几个字来,几乎要放弃。她想这是个难得的好机会,放弃了可惜,就自告奋勇帮他填,好容易填好了,就用练海棠的名字去发表。

那首词是梁汉文的《想着你等着你》,一推出来就得到很好的反应,后来梁芷珊就用自己的名字去填词,因为风格清新,她的新面孔又为词坛带来新鲜感,一出道就发展得顺利。填词为她带来很大的成就感,因而觉得这些钱容易赚,她认为这是她放弃 model 工作转行的时候了。

加上那时她的 model 工作已开始出现走下坡的情形,广告接少了,广告商也开始和她讨价还价,她不想自己步进事业低潮才苦苦挣扎,选择了在走进低潮前转行,就放弃了 model 的工作,转为全职填词人。

全职的填词生活一过就是两年,渐渐地她觉得这份工作令人缺乏安全感,填词人是被动的,要有人找你才有工作。因为收入不稳定,这个月赚不到钱,她就不敢用钱;就算下个月赚到了,也因为害怕再下一个月没工作而不敢用。这样下去,生活不会开心,而且母亲和朋友也觉得她这填词工作是游手好闲,非长久之计,于是她开始有转行的念头。

另一方面,她眼见自己的同学朋友事业有成,又升职又加人工,自己也是读商科出身的,就不信在商场的表现会比他们差，于是她就开始找一份正职。

她在理工毕业四年，现在才去求职，会被人当新人看待，有许多包袱是要放下的，必须决心从低做起。她向朋友放声气找工作后一个月，就有一个朋友找她到 Baleno 帮手做广告工作，这并不全靠好运，因为那时市道好，她做过 model，对时装和广告也有认识，就顺理成章做起广告来。

那时 Baleno 开始经营女装，以她对时装界的触觉和品味，加上日以继夜的投入工作与努力，两年后她就晋升为 Image Director，这是靠努力与实力换取回来的。

后来 Baleno 转向国内路线，她就离开了。刚离职，Mexx 就找她做市场部经理。

刚离职就立即找到工作，而且是另有高就，这当然是令人羡慕的好运气。然而，这背后原来也是事出有因的。

当她还在 Baleno 工作时，因为想加强对顾客口味的认识，就自动请缨到门市部帮手做售货员，在年三十晚还站到深夜帮手推广，收铺之后拿着巨款到老板家交数。那时老板正在家打麻将，其中 Mexx 的行政总裁就是其中一只“麻雀脚”，她见这漂亮的女职员肯卖命工作，又口齿伶俐，且对时装有触觉，留下了很好的印象。在她离开 Baleno 之后，这位行政总裁就立即打电话给她，找她进 Mexx 任广告部经理。

进入 Mexx 工作之后，她没有放弃填词，可是音乐界的朋友见她有了正职，以为她分身不暇，就少了找她填词，但填词仍是她的主要兼职。

在 Mexx 工作了一年多之后，她忽然察觉自己快进入三十岁的危机，快三十岁了，应该选定一种可作长久计的职业。

左思右想,她认清自己原来较喜欢写作的工作,于是开始部署向写作发展。

填词的收入并不固定,她要另谋其他写作媒介的出路。一次 Cosmopolitan 访问她，访问完她拉住那编辑要求让自己试写访问稿。她们真给她机会,她也把握机会写好它,因为每次都认真地预备和投入,Cosmo 将以后的封面访问也找她写。后来还找她试写专栏,起初是四个人轮流写一个专栏的,但四人之中以她最勤力,交稿也最准时,还多写几篇让编辑备用,因利成便,也因为她的稿质素稳定,那个专栏就成了她个人的专栏。

1997 年香港回归前，零售业开始不景气，梁芷珊觉得留在时装零售业会浪费时间,而且自己在短短两、三年间,已成为一间国际时装公司的广告部经理,已是向母亲、朋友和自己有了交代，于是，在 1998 年，她就全力为自己进军写作界铺路。

她自己计划在 1998 年内一定要出版一本小说,于是将自己关起来,写成第一本小说《214 个梦》,之后,就主动出击找出版社出版,那时笔者在一出版社工作,收到稿之后两小时内看完,然后第一时间找她签约出书。

她的第一本小说反应很好,且很快就出了第二版,这就开始了她的作家生涯。出版小说的版税很久才结算一次，她要有更稳定的收入,就计划写报章专栏,因为如果有两份以上的报纸找她写专栏，她就可以有较稳定的收入了。为了要知道自己是否适合写专栏，她在一个月里每天迫自己写一篇专栏文章,而且是要有水准的,一个月之后,她自信可以胜任这份工作。这时，她在文化界已有一定知名度，《苹果》、《太阳》、《东方》也纷纷找她写专栏，加上 Mexx 这时因为市道不景气，裁撤了市场部，她就正式开始了她的全职作家生涯。

梁芷珊的事业发展顺利，而且每一样发展也如她所料、如她所愿，她是靠幸运还是靠努力呢？就由读者去评定吧！

她在模特儿工作如日中天的时候，洞悉到模特儿生涯光辉岁月的短暂，一边做模特儿一边发展填词事业；又在时装零售业开始步进不景气时，积极部署加入小说、专栏作家的行列，这其中，不无睿智的触觉与强烈的危机意识。套用她自己的话：她是懂得在进入低潮之前转向。顺境时不会被胜利冲昏头脑，常常为让自己可以多些选择、出路而预先努力。

问她有没有真正的低潮，她笑说在别人来说那应该是低潮，但自己并不视之为低潮。

1997 年经济好的时候，她想买楼，母亲为自己居住已供满的那层楼加按，借钱给她买楼。她买了楼在价钱好时卖出，一转手就赚了百多万。后来楼价开始跌，她部署在楼价跌多点时才趁低吸纳，在这过渡期，她选择了先不将楼宇贷款还给银行，而拿来买股票。

她买的是汇丰的股票，应该是很稳阵的了，但有一天男朋友来电话，告诉她替她买股票的正达投资公司要倒闭了。她听了之后，反应竟是出奇的镇静。她想，自己买楼赚的百多万，反正是赚来的，蚀了也没什么，但跟银行借的百多万呢？以后就要每个月还万多元，供一层实际上已不存在的楼了。但这种日子她捱得过吗？每个月要还万多元，她节衣缩食是还得起的，只好安慰自己那是买一层楼给父母居住吧！

没有多少不开心，只有积极面对。以后她每天醒来发觉自己这天仍可以过得很好，就没有再介怀了。看见她开朗的笑容，毫不忌讳的谈起这件事，这在别人境遇中，蚀几十万已去跳楼相比，她真算能处之泰然了。低潮之能否成为低潮，可真是因人而异的。她自己也这样看，自己的景况还不至于蚀不起、还不起，比其他走上绝路的人，她已是很好运了。

这之后，她省吃俭用，努力工作，逆境之中，她积极为自己铺路，开始了今天的坦途。

对于逆境的领悟，她认为是可避则避，不可避就要处之泰然，积极面对，不要怨天尤人。

成功呢？成功不是天上掉下来的，她领悟到一条成功方程式，就是：长期准备＋等机会＋掌握。用诸她身上也确然如此，她绝大部分的成功也是自己争取回来的。

她说了这个故事：一个人想去捉兔子，他买了一只笼，然后四处打听兔子出没的地方，拿着笼子守候了一年，他终于捉到兔子。但在别人看来，他只是在那一天无端白事地捉到兔子，没有人会理会他等了一年、预备了一年的事实。

都说漂亮的女孩子易招惹好运，但原来，她的漂亮也是努力得来的。在读理工之前，她是一只又黑、又瘦、唇上多汗毛、鼻梁上架厚厚的眼镜、剪一个男仔头的丑小鸭，但她不甘心一辈子被人忽视，于是下决心要使自己漂亮起来。

她说，第一步是要残酷地认清自己的缺点，然后逐步改善，于是她增肥、做运动，又避免晒太阳，用好一点的护肤品，改戴隐形眼镜，留长头发，终于成功地使自己脱胎换骨。

她给我看中学时代的照片，那时的她不能算丑，但离漂亮是远的。

连漂亮也是努力换来的,谁说成功是侥幸?

她说从来不会说自己不好运,总是说自己好运,因为认为自己好运的人,才会有好运上门。为了今天的成功,她每天工作到三、四点,甚至通宵,但朋友只以为她迟起床是懒惰,是生活优悠。她因为要还债给银行,曾经一整季也没买过新衫新鞋,但访问当天见到她,仍是神采飞扬,令人艳羡的。

[逆境强心针]

1　懂得在进入低潮之前转向。

2　顺境时不会被胜利冲昏头脑,常常为让自己可以多些选择、出路而预先努力。

3　对于逆境的领悟是:可避则避,不可避就处之泰然,积极面对,不要怨天尤人。

4　从来不会说自己不好运,总是说自己好运,因为认为自己好运的人,才会有好运上门。

5　成功不是天上掉下来的,她领悟到一条成功方程式,就是:长期准备+等机会+掌握。

李健达——走出低潮也许不易

“他说：原来人完全操控不了自己的生命、自己的际遇，我们可以做的，只有不断向前进，不要因挫折、跌倒而停步，只有继续向前行才会有转机。”

想约李健达做访问，找了两天也没找到，打电话到他公司，竟说他遇上交通意外进了伊利莎伯医院。结果访问变成探病，循病房号找，一看是脑科病房，吓了一大跳，进去看见一个个不能言语、只会支撑上半身向前呆望的人，心想千万不要是他，幸而最后看见一个站得起来说得话的他，才舒一口大气，避免了逃出病房的丑态。

他在交通意外后昏迷了一整天，这天前一段短时间的事情都忘记了。昏迷时一只脚已踏进了鬼门关，能否醒来是未知之数。大难不死，对人生自有一番新体会，但话说低潮，还得从九年前说起。

1990 年，初出道的李健达推出了第一张唱片《也许不易》，许多人也还记得，那是周润发主演的《阿郎恋曲》的电影主题曲。这张唱片一鸣惊人，李健达以创作人身分推出的第一张唱片，已有白金数字的销量，在当时是备受瞩目的，万千支持者期待着他的下一张唱片，他自己也想顺势推出新创作。

然而，没有人知道为什么，新唱片推出的日期押后了一次又一次，李健达的名字亦渐渐被现实的娱乐圈淡忘。

只有他自己知道，那是因为自己性格倔强，令唱片公司的主事人对他不满，把他“雪藏”了，令他的发展机会遭到扼杀。经过无数次的交涉失败，半年后，他终于和唱片公司解约，和一间经理人公司签约。经理人公司对他作了许多承诺，承诺能帮他提升知名度，承诺会帮他转到新的唱片公司。他重新又燃起了希望，恢复了信心，努力去做好一张新唱片，谁料到唱片完成推出的时候，经理人公司却宣布关门大吉。

他试图找回从前的唱片公司合作，却三番四次被敷衍，他心死了，斗志也全面崩溃。娱乐圈是非常冷酷和现实的，当他风光的时候，娱乐记者争相为他拍照，待他的声势过去了之后，记者再不找他访问、为他拍照，他只有被冷落一旁的份儿。

他觉得自己彻底失败了，不敢再面对娱乐圈中人。自信心的崩溃，令他恐惧，害怕面对现实、面对从前的支持者，由于没勇气面对大起大跌的失败，他放纵自己，甚至有自毁的倾向。他曾到欧洲浪游一年，希望忘记痛苦；又搬到西贡人迹罕至的地方，不工作不见人；更多的时间是让自己堕落，酗酒、蒲bar、花天酒地，好像中了毒一般，要将自己推向万劫不复之地，让痛苦埋葬自己。

长时间的心灵痛楚、心灵斗争之中，他想到自己为什么会沦落至此？他不是没受过教育，不是没有家人支持，为什么会堕落如斯？他不想再自毁、颓丧下去，他决定将自毁的力量，转

移去将自己重建，将自己变回跟从前一样。

为了重建自己，他坚持做下面几件事：

(1)每天做运动——他的心灵太虚弱，要靠强健的体魄去令自己支持下去，他咬紧牙关每天坚持跑步一小时，锻炼自己的身体。

(2) 重投音乐怀抱——他迫自己再练习已经生疏了的吉他，练习唱歌，这是他重拾信心必需的。

(3) 正面想法——他要自己用较为正面的方法去面对人和事。

在低潮之中，他努力振作，希望有一天能得到正面一些的结果。从前他觉得付出一百分，也得不回一分，心理得不到平衡。现在他明白做到一百分，不代表可以得回一百分，幸福和成功也不是必然，纵然时机未到，也要装备自己，期望有一天冲出重围。

他尝试再踏足娱乐圈，从事音乐制作的幕后工作。有一次在剪接 MTV 的时候，一起工作的朋友说："始终也觉得李健达应该是属于创作的。"这些年来，家人劝过他改行，但他还是舍不得，这位朋友的一句话，唤醒了他的创作灵魂。

在 1993 年 3 月，他用木子健的笔名，创作了一首叫《与你倾诉》的歌，参加 CASH 的作曲作词比赛。他之所以不用原名，是仍不能面对昨日，他害怕比赛的评判中，有他从前开罪过的人，也害怕有跟他有交情的人在，这两者也可能影响赛果；另外，他也害怕面对失败，觉得用笔名比较容易接受一点。

《与你倾诉》在比赛中由梁汉文唱出，得到了冠军，颁奖礼中李健达也没有露面，由填词人去代表领奖。得奖之后，开始有很多人找他合作。梁汉文所属的唱片公司和华纳也争取他获奖的歌，这首歌后来签了给华纳，收录在叶倩文《Black and White》的唱片中，在各大卡拉OK之中成为主打歌曲。

此次创作的获奖和受到欢迎，是他重回音乐圈的强心针。1995年，他加入正东从事创作计划，但计划后来胎死腹中。1996年年底他加入了上华唱片做制作人，制作了朱茵的EP，反应很不错。1998年监制许美静的《明知故犯》，1999年监制许茹云的唱片后，他就离开了上华。

因为对创作的执着，他的音乐事业总是起起跌跌的，但现在他明白到只要自己的创作对得起自己、对得起歌手、对得起唱片公司，大家合作又开心，那已经足够了。

后来一次他在朱茵的演唱会中担任表演嘉宾，才知道原来自己仍很喜欢唱歌，原来很多歌迷仍记得他、支持他。这鼓励了他和郑敬基合作制作《李郑屋邨》的唱片，唱片出街，反应不错，证明好的作品、有诚意的作品仍是有人会欣赏、支持的。

这次合作的成功，令他觉得自己已从低潮的谷底中慢慢攀爬出来，他希望可以堂堂正正做一个创作人，创作属于自己的歌，亲自演绎自己的内心世界。

说到最近的这次交通意外，李健达在红灯前停车，竟因后面的车收掣不及而被猛烈的碰撞，他因脑部受到震荡而昏迷了一整天。这次经验，令他感到生命是如斯脆弱，与死亡的距离真只有一步之遥，昏迷中他想到自己有许多未做的事情，舍不得死去。清醒过来之后，他自言不会再计较名与利，以后只会努力做自己想做、喜欢做的事情。

他说：原来人完全操控不了自己的生命、自己的际遇，我们可以做的，只有不断向前进，不要因挫折、跌倒而停步，只有继续向前行才会有转机。

他说：只要有勇气去干，已经成功了一半；只要有勇气去面对困难，就已经成功了一半。

[逆境强心针]

1 每天做运动，因为自己的心灵太脆弱，所以要靠强健的体魄令自己支持下去。

2 要用较正面的方法去面对人和事。

3 要明白做到一百分，并不代表可以得回一百分，幸福和成功也不是必然，纵然时机未到，也要装备自己，期望有一天冲出重围。

4 原来人完全操控不了自己的生命和际遇，我们可以做的是：只有不断向前行才会有转机。

5 只要有勇气去干，已经成功了一半；只要有勇气去面对困难，就已经成功了一半。

钟伟民——一天之内四大皆空

“他对待人生，就像玩迷宫游戏一样，若此路不通，便总结经验再走过，总有一次会走出迷宫。”

认识钟伟民，已有约五年光景。印象中的他，是个武侠小说中的奇人，隐居深山，不食人间烟火，每隔一阵子见面，他会告诉你一些武林中的奇事、怪事，他自己最近炼什么丹药、习什么奇功。

引发这次找他访问的，是看到他在报章专栏中，讲关于几年前在一天之内失去一切，我对此很好奇。武侠小说中，许多大侠退隐也是因为遇上了极大打击，于是找上他追问，然后他像在粤语武侠片的柠檬、曹达华般，在音乐过场声和模糊影像中，追述前尘往事。

钟伟民说，那个重大打击发生在五年前，他在一天之内变得四大皆空。五年前？那是我刚认识他的时候，那时的他，的确有点阴晴不定，固执异常。

他缕述他的四大皆空：

(1) 他那时在《明报》工作，因为适逢改朝换代，工作不开心，就辞掉了这份颇为隐定的工作，而那时是农历新年前。

(2)他在一份报纸上写的一个专栏，因为报纸改版而全版

被抽掉，令他失去了发表文章的园地。

(3) 他之前创立的一盘生意，因为经营失败而要结束，他的梦想亦因而破灭了。

(4)最致命的打击来自他的女朋友。那一年春节前一天，女朋友告诉他，她已爱上了另一个男人，要离开他。

他说，本来前三项打击他也接受得了，因为有女朋友在背后的感情支持，他有信心一切从头来过。但女朋友的背叛，无异令他在背后中箭，这是他始料不及，承受不了的。

这个打击之后，要面对的，却是喜气洋洋的日子。沉重的打击令他精神崩溃，令他的精神陷于恍惚状态，甚至有妄想症、躁狂症的状况出现，不知道自己做了些什么、没做些什么。他困住自己一年多没工作、没见人，直到两年以后，才逐渐从创伤中走出来。

回顾那一段往事，他说那注定是悲剧。本来前面有千军万马他也不会怕，但没想到会背后中箭，而那支箭竟来自他最信任的人，这打击令他崩溃，变得全无斗志、全无事业心。

套用他自己的话，如果打击和困难不是突然同时地、密集地、致命地集中在要害处，一般是能够排解、能够自我调节的，但他那时遇到的就是如此密集、致命、集中于要害的打击，令他承受不了、招架不住。他说：自己从没想过会被黑暗的心情吞噬。

问他怎样逃出这黑暗的心情，他答主要是在逃脱黑暗的心情的挣扎中，了解自己更多，从而唤醒了自我调节的机能，再振作起来。他初时不能面对问题，面对不了，他就学习面对；学习面对也不行，他就硬着头皮面对。他说：时间是治疗

一切创伤的良药,他用了五年时间,才从黑暗心情的泥沼中爬出来。

经历过这次打击,他的精神力量变得更强,他的精神状态更坚定、更稳固、更有力量,他觉得自己比从前有更大力量。受过伤的地方,现在就像镶了钢板一般,麻木了,再被攻击也就不那么容易受伤了。

他忠告受了大打击的人,在受到打击后的短时间内,尽可能少做事,因为做多错多。尽可能离开那受到打击的环境,过新的生活、学些新东西、看些新的书。切记别高估自己承受打击的能力,以为可以控制自己的情绪和行为,我们可能会因为高估自己的能力,而做出错误的决定、错误的行为,做出伤害自己、伤害别人的事。

他说:黑暗的心情就像一个泥沼,愈挣扎就愈糟,我们要远离黑暗心情幻化成的悲哀的泥沼,过些新的生活,让时间使悲哀的泥沼慢慢干涸,化成一个悲哀的纪念碑。

除了更大的力量和悲哀的纪念碑,低潮和打击还为他带来了什么?

他说:令他对爱情的态度改变了。从前失去爱情,只像关了灯,很快可以重开,现在却像烧了保险丝,要将灯泡整个换过,大概灯才会再亮起来。

在打击和低潮中,他一直坚持斗心,不怕挫折,他说自己的人生从来也不顺利,所以从来不怕挫折。他从小就认为自己长大后会成为一个作家,会是一个从事文化事业的人,他会坚持下去,坚持从事文字创作的行业。就如自己的书卖得不好,他一定会尽力使书卖得好,一两年卖得不好,他付出十年的努力与心思,一定会做到好。

常常记起他有关狗撒尿的理论，狗天天在同一个地方撒尿,日子久了,它撒尿的地方会腐蚀成一个低洼地带。日子有功,坚持是最重要的。

他对待人生,就好像玩迷宫游戏一样,若此路不通,便总结经验再走过，总有一次会走出迷宫。但他说此理论不适用于爱情，因爱情是两个人的事。一个人的事可以用奋斗来达到目标,可经奋斗和强大的意志力达到,爱情是两个人的事,却不能通过奋斗和意志力达到目标。

访问结束时闲聊，知道他最近将注意力集中在他家小公猫的爱情故事上,也许小猫在爱情上的成功,会是对他的一种鼓励呢?

[逆境强心针]

1　在逃脱黑暗的心情的挣扎中,了解自己更多,从而唤醒自我调节功能,再度振作起来。

2　受了大打击的人,在受到打击的短时间内,尽可能少做事,因为做多错多。

3　尽可能离开那受打击的环境，过新生活、学些新东西、看些新书。

4　切忌高估自己承受打击的能力，以为可以控制自己的情绪和行为，因为我们可能高估自己的能力而做出错误的决定、行为,做出伤害自己和别人的事。

5　对待人生应好像玩迷宫游戏一样,若此路不通,便总结经验再走过,总有一次会走出迷宫。

梁玳宁——自强婚姻之道

“谈到女性遇到感情挫折时，应如何面对，梁玳宁提出一个‘恕’字。”

梁玳宁是一个成功女性，她是全球首位获选为世界杰出青年的女性，又是知名的饮食专家。别以为她的一生一帆风顺，她也面对过许多辛酸，而她在这里提出的走出逆境之道，非常值得大家参考，特别是女性朋友。

她自小是一个孤儿，而且体弱多病，日子并不好过。长大以后，找到对象，以为结了婚就可以有幸福家庭，她对婚姻有美好的憧憬。但现实并非如此。在她生了两个孩子之后，丈夫却另有红颜知己，这令她接受不了，心如刀割，内心滴血，甚至一度变得歇斯底里。她接受不了现实，孤身上路乘飞机从侨居的他方飞回香港。回来的航机上，她真希望那飞机永远不会到达目的地，因为她不想面对。

离婚在现在来说是普遍的事，但在二十年前，那是大事。在离婚后的五年内，她也不敢告诉朋友自己离了婚，而且每次说起这件事也忍不住流泪。痛苦了五年，令她走出困境的，是她对两个儿女的责任感，这令她重新振作，开创新天地。

女性遇到的逆境常常因为婚姻、爱情，梁玳宁是过来人，她对婚姻、爱情有宝贵的体验。现在，她常告诉失恋、失婚的女性朋友,爱情并非人生的全部,炽烈的爱情不会长存。

例如:男女是两种截然不同的生物,女人常常以为男人应该明白自己的想法,这是不对的。她有一对夫妇朋友,每个星期都因为去哪里吃饭而吵架。每个星期天起床,本来两人都是心情愉快的,后来谈到去哪里吃午餐,丈夫总是请太太决定,太太又推给丈夫决定,推来推去,最后,丈夫提议不如到某一间饭店,太太一听马上发起脾气来,说那间饭店已经去了几十年,为什么不去浪漫的酒店餐厅?丈夫一听就生气:"你既然想好了去哪儿,为什么不早说?"太太竟理直气壮地说:"我自己说出来就没意思了,你应该知道我想去哪里的。"

女人就是这样,常常认为男人要明白她,其实应该互相体谅,坦诚相对,不要让对方猜测自己心意,因为这往往会造成误会。

至于相处之道,梁玳宁笑说女人要有"大婆身分、二奶心态",所谓"二奶心态",就是要温柔、体谅,不要惹怒丈夫。譬如说丈夫浪费金钱买东西,做"大婆"的多会骂丈夫,"二奶"则不会。其实如果丈夫用钱买自己喜欢的东西,不应干涉他,应该让他自由;而如果他买的东西是用来送给你的,你反而骂他,他以后也不会送东西给你了。

男女之间,要有耐心、关怀、体谅,才可以相处得好,开出和谐的花朵来。

谈到女性遇到感情挫折时,应如何面对,梁玳宁提出一个"恕"字。她有一个朋友,因为丈夫对不起她而离了婚,离婚之后,丈夫没负起抚养子女的责任,令她要独力养育孩子。几年之后,丈夫送了她一只手表,还有一张卡,说感谢她把子女抚

养得这么好。她收到这手表之后很开心，还到处给朋友看。梁玳宁看见了，很为她不值。子女一季的教育、生活费，已够买一只同类的手表有余，但她说："他可以不送的嘛！既然他送了，我就应该开心。"梁玳宁对她的胸襟佩服不已，方明白她为什么总是生活得这么愉快。

这些年来，那女性朋友可以度过逆境，活得这么开心，不是靠一个"忍"字，忍字头上一把刀，多痛苦。她用了"恕"字来代替"忍"字，"恕"字是"如心"，多么惬意。用上这一个恕字，得益的不是那丈夫，而是她自己。要是常常回忆不快事，每次回忆也是再伤害自己，何不解放自己，宽恕别人，这才是快乐之道。

每个人面对逆境的态度，对渡过逆境很重要，如果事情不能改变，就要改变自己面对事情的态度。开心日子也这样过，不开心也这样过，何不开开心心去面对呢？我们要以豁达、自信的态度，去欣然、安然地面对逆境。

如何在逆境中重新培养自信呢？梁玳宁提出下面的方法：

(1)要整理仪容。女性过了二十多岁，就不能依靠天生丽质，适当的化妆，令自己看来精神些是需要的。另外，可以换个新发型，穿些多色彩，而不是颜色暗淡的衣服，令自己容光焕发，自信心也会较容易建立起来。

(2) 要保持笑容。笑容是最好的化妆品。她认识一个法师，常常笑容满面，很受人欢迎。法师告诉她，这是她训练得来的。法师平时常常想一些开心的事，想着想着就自然会面带笑容，这样可以令别人觉得容易亲近，广得人缘，别人会跟你接近，甚至给你许多机会，运气便会好转。

(3) 要有健康的身体。假如身体不健康，整天病恹恹的，死气沉沉，什么事也做不来，别人也不会亲近你。要多做运动,多接触阳光、清新空气,喝清洁的水,多吃点蔬菜、生果。人健康时,容颜也会变得漂亮,自信心也会增加。

(4) 多去做义工。做义工帮助人,可使自己不再集中于自己的苦难;同时帮助人很有满足感,也可增加自己的自信心。

(5) 不要逃避困难。困难是越逃避越欺人的,要勇敢面对困难，咬紧牙关忍耐，困难终会过去。就像女人生孩子一样，生产的时候痛得死去活来,但孩子生了下来之后,那痛苦比起快乐,就显得微不足道了。

梁玳宁以上讲的面对困难时的自强之道，实在值得每一个人学习。

[逆境强心针]

1　不要回忆不开心的事，因为每次回忆也是再伤害自己,所以何不解放自己,宽恕别人,这才是快乐之道。

2　每个人面对逆境的态度,对渡过逆境是很重要的,如果事情不能改变,就要改变自己面对事情的态度。

3　要以豁达、自信的态度,去欣然、安然地面对逆境。

4　在逆境中重新培养自信的方法,包括要整理仪容、要保持笑容、要有健康的身体、多做义工、不要逃避困难等。

第二章

为爱而活

马美清——为爱而活

“她曾在生死边缘徘徊，今天，她反过来帮助在生死边缘挣扎的人。”

早阵子亚视《今日睇真D》有一个叫《爱在生死边缘时》的环节，其中一个主角是马美清，她曾在生死边缘徘徊，今天，她反过来帮助在生死边缘的人。

在1986年9月，马美清移民于加拿大的母亲回来探她，久未见面，母亲对女儿自是多加留意，有一天，母亲问她：

“女儿，你的肚子为什么这么大了？”

她幽默地答：“中年发福嘛！”

母亲走近来一摸，惊道：“肚腩应是软的，为什么你的肚子这般硬？”

母亲为此耽心，立即催促她去看医生。

马美清听母亲的话去医院检查，医生一摸便道：“你的肚子里有个很大的肿瘤。”并要她立即照超声波素描及安排住院。检查的结果是要动手术。手术中医生发现她的卵巢里有个如柚子般大的肿瘤，还有些细胞变坏了，即是有癌细胞，所以要将她的子宫和卵巢全部切去。

手术后，医生告诉她患上了卵巢癌，属于第一期B，她问医生：“第一期B是什么？”

医生告诉她:“第一期即是初期。”她听了安心多了,但医生续说:“A是不会扩散的,B是会扩散的。”

会扩散的?这令马美清非常耽心。幸而她很快就可以出院,工作狂的她,出院后便立即回学校继续她小学教务主任的工作,并继续吃抗癌药治疗。

没料到四个多月后的一天,她正在学校工作,上洗手间时,竟弄得满洗手间都是血。她立即进医院,医生为她检查,验大、小便,验血,还照了肠镜。报告出来,医生告诉她一个坏消息,她的癌症已扩散至肠和膀胱,需要将膀胱和肠切除,切除之后,她的肚皮上要在左右各悬一个袋来盛大小便。

这消息对她来说真如晴天霹雳,满以为自己已经康复了,谁知才几个月便又复发,而且还要切除膀胱和肠,以后也要带着这两个袋子过活。但是,如果不动手术,就只有死路一条,她鼓励自己:“留得青山在,不怕没柴烧。”于是咬紧牙关接受手术。

医生告诉她,她肯接受手术还要看能不能动手术,如果已扩散得太厉害,就只可把切开了的肚皮又再缝合。

最后手术是成功的,但恶梦没有完。手术后她要接受化疗,要打十二套针,每日要打一次。她打了第一次针之后,就因为血液感染到细菌而发高烧,还陷入昏迷。她昏迷五日五夜不醒,医生知道情势不妙,叫她的亲人、朋友日夜看守住她,因为她随时会死,而病房的阿婶也预备要给她“打包”了。

然而医生并没有放弃,不断给她试新药让她醒来,甚至试用一种没有病人试过的新药。用这种新药,只有一半机会,一半机会是药物杀死癌细胞,另一半机会是药物会杀死她。

昏迷的五天五夜之间，马美清有很奇怪的经历，她在昏迷时感到自己身陷无底的隧道中，不断往下冲，冲呀冲的，无休无止，身子是那样飘浮不定，停不下来。然后又感到自己升上了天花板，看下来看见很多睡在病床上的病人。

最可怕的是她看见自己的祖母在一棵大树下向她招手，叫她去陪她，景象中她还是年幼的模样。她突然想起祖母已经死了，她叫自己去陪她，岂不是叫自己去死？从前祖母不爱惜她，为什么要去陪她？她想起母亲如此爱惜她，她死了，母亲一定很伤心，所以自己不能死。

五天五夜之后，不断挣扎中她看见了光明，然后她就醒了。醒了之后她问身边的朋友自己身在哪里，朋友告诉她在玛丽医院的病床上。

在她昏迷的时候，她最好的朋友——她的契妹、姊姊、姨甥女、教会的姊妹轮流看守她，并不断跟她谈话，叫她不要放弃。

是身边的人的爱，令她有支持下去的力量。在疾病中，朋友能对她多好便有多好，还有自小至大也爱惜她、对她关怀备至的母亲。她不怕死，但要死得有价值，而为了这些人的爱，她要活下去。

回望那昏迷的五天，她说是自己的意志坚强，还有家人朋友的爱心与支持，还有医生的帮助，她才能从生死边缘间走出来。

清醒过来之后，她还要有很多场仗要打。她醒过来之后，好像从战场上回来，全身也软弱无力，睡觉连转身也乏力，手不能举起，双脚因为太久不动而腐烂了，全身每一寸肌肉都

痛，令她觉得生不如死。但为了爱自己的人，她要坚持，她要想办法适应环境，要自己和痛楚做朋友。

日间有朋友陪伴，有许多事情分散精神，还不觉得怎样痛，但到夜深人静时，就要独自面对痛楚。这时，她会回想童年时的快乐时光，像播录影带一样播出来。她会一幕一幕去回味，母亲怎样爱惜她，新年的时候给她红封包，给她买新衣服。开心的童年回忆不会减轻她身体的痛楚，但会令她觉得时间过得快些、容易些。

1988年5月底，马美清终于打完十二套针，主诊医生说她可以“光荣出院”了。医生说她经历过这一切，可以作为“人办”，用自己的经历去支持、鼓励其他癌症病人。于是她就开始在癌症资源中心做义工，还得了最佳服务义工奖。

她说自己的经历是独一无二的，她要用此去帮助其他病人。她不会给病人虚假的希望，只会将自己的故事告诉他们。其他病人听了她的故事，大多会觉得自己比她幸运，比较容易接受自己的境况。

她会叫病人不要忧心，因为将来的事大家都不知道，要给自己信心，一步一步慢慢来，不要给自己设下时限，要多与医生配合，信任医生。

马美清在自己的病中学到了下面几项功课，这对她鼓励其他病人是十分有用的。

(1)令她更有耐性——疾病中的忍耐与等待，令她变得更有耐性。从前的她是只顾向前冲不能停下的“急先锋”，现在，她明白“慢工出细货”的重要。

(2) 她生命的价值取向不同了——她在患病之前觉得生

命的一切都在自己的控制之中，只要努力就行，患病使她明白生命有很多限制，不是可以自己掌控的，令她更珍惜生命。

(3)她的宽容度大了——以前的她做事很冲动，什么都做了再说，现在会想清楚才做，而且学会包容别人。

(4)心境变得平和——以前她处事比较急躁，有些同事很惧怕她，患病之后，她的心境平和了，对人也随和多了。

令马美清忍受一切痛楚，顽强地生存下去，更努力帮助其他癌症病人的，是她的乐观和执着。回想十二年前的艰苦岁月，她也总是笑容满面。她说自己的整体生命是开心多于不开心，她有爱惜她的母亲、家人，还有与她有共同理想、生死与共的契妹。她说：人生得一知己，已可死而无憾了。

她不知道明天会怎样，生命是过一天赚一天。问她有什么盼望，她说有两个。第一个是肠道不再闭塞。这些年来她仍不断受到肠道闭塞之苦，一闭塞她就要进医院，那过程是剧痛不已，而且会维持几天，甚至会有抽筋的现象。这种情况一年总会有一两次，肠痛的时候她会幽自己一默，告诉自己任何不是原装的零件都容易坏的，她又要进厂去为自己的机械抹油了。第二个是盼望看见病人康复。每一个她探过的病人也成为她的朋友，她最不想这些朋友死去，最希望看见他们康复出院。

马美清做义工的病人资源中心，成立“爱援先锋”义工队，在访问后两天就举行成立庆祝活动。“爱援先锋”的名字是她改的，她说：做义工要是自己的喜爱才行，同时要有爱心，所以叫作爱援。

马美清对癌症病人的爱心，源于她身边一切人对她的

爱。我常想:我们每一次对别人好,也可以成为他们的生存动力,也许有一天他们在生死边缘挣扎的时候,这一点一滴积聚而成的爱,会是他们生存下去的动力与支持。

[逆境强心针]

1　患有癌症的人不要忧心，因为将来的事大家都不知道,要信任自己,一步一步慢慢来,不要给自己设下时限,要多与医生配合,信任医生。

梁记英——丈夫出了家

"一个人能否走出困境，要视乎时机是否成熟。等到苦够了惨够了想通想透了，生命就走到了转角位，要转弯了，要走上光明大道了。"

阿英曾是香港单亲协会的热线义工，每逢星期二、六热线开通的日子，打来的多是诉说丈夫有婚外情、离婚、单亲等苦处，阿英气定神闲地接听，耐心聆听来电者的每一句话。她安慰来电者的每一句话，也说到她们的心坎里，因为，五年前，她的遭遇一点不比来电者好，正是寒天饮冰水，点滴在心头。

阿英很年轻就结了婚，嫁的是一个殷实商人，他家境好，人也正直、温纯，嫁了这样的丈夫，应该是衣食无忧的。婚后的阿英，住大屋，出入坐房车，家里有佣工，丈夫对她言听计从。她一直是朋友的羡慕对象，永远是朋友有所求她帮忙，她是友侪中最"掂"的一个。

幸福的婚姻，随后她怀了孩子，到了开花结果的时候。她怀的是双胞胎——两个女婴，一家人欢天喜地等待这两个小生命来临。但这两个婴孩并没蒙上天眷顾，因为祖上的遗传因子影响，双胞胎的细胞分裂出了问题，其中一个女婴夭折，生下来的一个，被证实患上端纳综合症(Turner Symdrome)。在香港，一百万个初生婴孩才会有一个患此病症，生下来的孩子

不会出现第二性征，不能生育，且比平常孩子矮很多，但是智力正常。

因为香港医学界缺少这种病例，医生只会照搬外国的医学研究，不能清楚解释这种病的病情和发展，更提供不了什么帮助。

生下孩子后，这种一喜一悲、大上大落的心情不足为外人道，幸亏有丈夫支持，阿英才撑得过来。她最害怕的，是丈夫嫌弃这孩子，但当时他没有，往后的日子也没有，直至五年前，他不但抛下孩子，也抛下了她。

丈夫是生意人，每天在外奔波，阿英在家相夫教女，因为女儿的病，已用去她全部精力，丈夫在外面，她则寄予信任。和丈夫的友人聚会时，他的朋友常有意无意间取笑他和一位女职员关系太亲密。阿英最初不以为意，但后来自己也看见他们眉来眼去，就不由得起了戒心，最后他俩竟然主动和她"摊牌"，那个女职员说：

"我们两个在一起很开心。"

丈夫更说：

"我们三个一起也会很开心，她和我们的女儿也相处得很融洽，日后我们三个住在一起也没问题。"

这些话令阿英心如刀割，她想起从前丈夫对自己是如何千依百顺，但现在，竟像变了另一个人似的，这叫人怎能接受。但不能接受也要接受，阿英说："一切都无所谓了，那不是心甘情愿的无所谓，而是无奈的接受，面对现实而已。"

更难承受的打击还在后面，丈夫和那个女职员在一起一年之后，竟然因为生意失败，变得一无所有，最后不知所踪，后

来才知道，他竟然出了家。

丈夫出了家！这真是令人百思不得其解，不久之前他还和那女职员出双入对的呀！而且生意搞成怎样？日后的生活怎样？也没对她们母女俩交代半句，就一走了之，剩下一个烂摊子由阿英去承受。

本来，丈夫的心虽不在，但还是家庭的经济支柱，而且还会回来看女儿。现在他一走了之，撇下她们母女俩不管，他怎可以这么忍心这么狠心这么不负责任呀？

丈夫的家人没向她提供过一分一毫帮助。自己的家人呢？因为丈夫向来是廿四孝女婿，家人反而埋怨她骂走了他。朋友呢？向来只有她接济她们，而要强的她，何曾向她们求援过？而且“丈夫出了家”这句话，出得了口吗？她们会怎样想？怎样的一个女人才会令丈夫宁愿出家避了她？

阿英初尝债主临门、生活无助的日子，真不知如何面对。女儿才读六年级，还要供书教学，自己已许多年没工作，这个年纪再出去工作，会有人请吗？

她觉得自己是一个孤岛，没人关心她，没有人会对她伸出援手。对她来说，最大的困扰不是感情、婚姻，而是觉得自己亏欠了女儿，她已经这么不幸患了这个病，而自己还不能保证日后能给她安定的生活。因为女儿初失父亲，阿英在自己不开心的时候，却还要安慰女儿。

幸亏那时香港经济还不差，她找到了工作，但过得了今天，明天怎样呢？她还是每天活在烦恼之中，为钱而烦恼，也为女儿在学校被人欺负、被人取笑而烦恼。每次为此事请假跟老师谈，就准要看老板的脸色，老师又不明白。被这些烦恼困扰,阿英患了失眠症,夜里睡不着,白天上班没精神,这成了恶性循环。

从前二、三十年的日子也捱过苦,但总是捱过了就能尝些"甜头"作中和,可是这一次捱的苦,似乎没完没了,也没有出路。她完全没有对策,只是过一天是一天,过一月是一月,过一年是一年,如此,整整四年沉浸在低潮中,几乎没顶。

她记起有一次心情极差,她下了班就躺在床上不起来,女儿问她什么时候煮饭,她只是漫应着,并没有行动。女儿问:"我替你洗菜好吗?"她没答话,然后厨房传来水声、切菜声,她才慌忙走到厨房一看,女儿已经把菜洗好、切好了。

她想起女儿从来没买过菜、洗过菜,更从不晓得用菜刀,但竟然一一做了,她只好抖擞精神,为女儿做好这一顿饭。这四年的日子,也幸亏有女儿的安慰和鼓励,不然她早已支持不下去了。

女儿帮忙煮饭,是想令她安心,想令母亲知道她会照顾自己。但阿英呢?她自己又怎样,自己能够振作吗?第二天醒来,阿英看看镜中的自己,不单是憔悴,而且眉头紧锁,她想起自己已经很久没有笑过,似乎已经不懂得笑了。

她想:从前我有钱用的时候笑容不多,现在没钱用又不会笑,难道余下的几十年,仍要这样不开心吗?那一刻,她告诉自己:我以后无论有钱没钱也要懂得笑!

下定决心之后,她决心走出低潮,令自己重拾信心、重拾笑容。她说:当时为了帮自己,努力去做下面几件事:

(1) 她常常去逛书店,看些励志的书,帮助自己振作。她也喜欢挑些说悲惨故事的书来看,看见比自己更不幸的人,她

会觉得自己幸运些,会宽怀些。

(2) 她从前将一切不快郁在心里,也不懂向朋友求助,现在她努力多向别人倾诉,她明白发泄情绪是很重要的,不然郁在心里容易钻牛角尖。以前从来不肯承认自己有软弱的地方,但现在学会想:每个人也有软弱的时候嘛!因此就不会给自己这么大压力。

(3) 她从前是一个很因循的人,现在学会时常反省自己,思考一下自己有哪些缺点。不善理财啦……爱发脾气啦……也是自己的缺点,虽然一下子改不了,但可以慢慢来,这一次犯了,下一次一定不能再犯,每一次比前次改好一些,不能光说不做——她是这样要求自己的。改正了以往的陋习,就更有能力面对明天的挑战。

现在的阿英,虽然不是什么成功人士,也没有再获得幸福婚姻,但她战胜了自己,战胜了低潮,逆境令她变得有韧力,更增添了她的智慧。

历尽变幻的阿英说:自己战胜逆境的关键是想通了一切,发现自己厌恶愁眉苦脸的自己,厌恶这样的悲惨的生活,醒悟到自己不能日复一日的不开心下去。

从前也常有朋友劝她不要想这么多、想开些,但她听不进去,总觉得自己无力打破这个困局,直至醒觉那一天来到。她说,一个人能否走出困境,要视乎时机是否成熟。那人尚未惨够苦够,尚未想通想透,是不会有决心、有力量走出困境的。等苦够了惨够了想通想透了,生命就走到了转角位,要转弯了,要走上光明大道了。

每个人面对逆境的时间有长有短,阿英说那就像每一种花的开花时间也不一样，未开花之前要忍耐，储足养分，等待时机来到。

四年的煎熬，才造就了现在乐观开朗而坚强的阿英，现在她还宽恕了丈夫，可以和他一起谈论佛学。

生命的智慧无处不在，然而，要得到，总要付出代价。

[逆境强心针]

1　常去逛书店，看些励志的书，帮助自己振作。

2　发泄情绪是很重要的，否则郁在心里会容易钻牛角尖，要将一切不快向别人倾诉。

3　常反省自己，思考一下自己有哪些缺点，改正了以往的陋习，就更有能力面对明天的挑战。

4　战胜逆境的关键是想通了一切，才有决心、有力量走出困境。

5　每个人面对逆境的时间有长有短，就好像每种花的开花时间也不一样，未开花之前要忍耐，储足养分，等待时机来到。

方宝妮——为生命中有低潮而感谢

"别人都尽力回避低潮，想尽办法走出低潮，但她认为要好好感受一下低潮，因为低潮令她长大，也令她明白许多事情。"

坚持一定要找 Bonita 来访问，因为她是《一朝失意》Ⅰ和Ⅱ中间的桥梁。在《一朝失意》出版之后，她写给我一封信，是因为其中的一篇文章令她感触良多。就在这本书刚出版的那一个香港书展，她来书展探我，我和她一起吃晚饭，开始了这一段情谊。

通过书本而认识的朋友特别值得珍惜——我认为。两年前那次书展正值她初陷低潮之时，两年后，她告诉我在五月四日才彻悟一些事，明白到要真正面对自己(写这篇文章是五月十六日)。她说：也是在近来才觉得自己笑得有点像低潮之前的自己。

说回她的低潮，她说女人到了三十三岁是迷信的人认为一生运气最差的时候，日本人甚至会在这个年纪去作法"除厄"。而 Bonita 的低潮，就是在三十二到三十三岁这一年。

Bonita 的低潮始于她人生最得意的日子之后，她遇上一生中最钟爱、最迷恋的人，但现实却不容许他们在一起。最得意之后是最失意，这一得一失，一高一低之间，命运喜欢把人抛得老高，然后让他跌至最低。

Bonita 在认识这个人之前也拍过几次拖。拍拖，有时是因为寂寞，有时是因为人有我有，无论和哪个男朋友一齐，模式也差不多，谈不上满意不满意，几次恋爱也说不上是完美，然而 Bonita 仍然坚信有完美的爱情存在，尽管身边的朋友都笑她傻。

在三十一岁那一年，遇上最爱的他之后，她认为自己这些年来的想法并没有错，她一直追求的完美爱情是存在的，她很为此感到骄傲、满足。可是快乐的日子并不长久，真爱，找到了，但留不住，这对 Bonita 是一个很大的打击，也令她的自信与对人生的信念动摇。

事已如此，她也唯有接受事实，接受这个伤心的结局。然而，接受归接受，她其实没有勇气面对对方、面对自己和整件事。她对自己完全失去自信，没有信心从自己不喜欢的环境中走出来。

日子仍是要过，她还是每天继续工作，但每次工作表现被人赞赏的时候，也是她最感无奈的时候。工作做得再好有什么用？她也解决不了自己的问题。她做的是市场推广的工作，她说这工作是最虚假的，因为每个人只要看到你欢笑、积极的一面。曾经有超过九个月的时间，她每天下班后驾车回家时，也是流着泪的。

低潮之中，她曾经想到死。

有一天她下班回家，突然觉得很害怕，她不知道明天生命还会为她带来什么，无论是开心的、不开心的，她觉得自己已没勇气面对。那些事情，未必是她可以控制、可以处理、可以

承担的。因为害怕,她想到逃避。

那是晚上的十一时，她坐近的茶几上正好放着一把水果刀,如果现在她割脉自杀，一定可以成功。因为母亲(是著名烹饪家方太)刚打过电话来问候,她告诉母亲要睡了,最早她也会明天十一、二时才再打来,如果打来没人听,又知道她没上班,至少也到下午十二时、一时才会上她家来察看,有整整十二小时,她的血一定已流干。

正想着的时候,她养的黑猫安东尼奥在她身旁经过,令她猛然想到,倘若她割脉自杀,安东尼奥会怎样,它会受惊吗?它肚饿起来会有人喂它吗?她走了之后会有人肯收养它吗?收养它的人会对它好吗?

继而，她想到自己住的房子是租来的，如果她死在里面，房子肯定租不出去。房东太太对自己这么好，又怎能恩将仇报?

再而,她想到母亲,母亲一定会为自己的死痛心难过,而且会因而怪罪她最爱的那人害死她。她想到自己和他的那段爱情是美丽的,不想因此而令这美丽掉了色,也不想他因而受到委屈。如果两个最爱的人为她的死而产生仇恨，她死也不会安乐。

最后令她打消寻死念头的，是她想起自小至大也没有人说她会短命,如果这晚上她选择结束自己的生命,她就真会变成短命。既然自己可以改变自己的命运，是否可以反过来令自己走出困境,改变可怕的现状呢?

于是,她决定不死,而要勇敢生存下去。她说:这才是最困难的开始。为所爱的人死并不难，为所爱的人生存下去才是困难的事。那天开始,她在人生旅途上努力寻觅,并且为生命还会安排什么给她而感到好奇，这份好奇也是她生存下去的动力。

我问她是什么使她有勇气生存下去,不再惧怕?她说这不是勇气,而是她已经豁出去了,她面对生命,迎接每一天的挑战,要战胜命运。对于命运,她是坚持和固执的。

两年以来，根据我的观察，她是挣扎着一步步走出低潮的。经历低潮之后,她说:有些人会因为遇上低潮而否定其中的一切,其实是不必的。低潮所带给你的东西可能是美好的,痛苦之中也可能有祝福。

她说:如果要将她人生中的这次低潮拿走,她是不会愿意的,因为低潮令她长大,也令她明白许多事情。她反而感激生命中有此低潮,因为这令她明白每天生活得更有意义,是对爱她的人最好的回报。

别人都尽力回避低潮,想尽办法去走出低潮,但她持相反论调，她认为应该好好感受一下低潮。她形容低潮是有趣的探险旅程，旅程中一定有东西给你。你可能找不到上天特意藏起来的那些，但一定能得到一点点什么。每个人要用自己的双手去挖掘,挖到多少则靠自己。

她语重心长地说:低潮中只要不放纵自己,不滥交、不吸毒、不酗酒、不驾大胆车已可以。低潮不是洪水猛兽,静静地、好好地感受它,你可以和它做朋友,你可以得到很多。

问她走出低潮的方法,她想出了一个两个三个,还不断想出更多来,这么积极去思考,证明她已走出了低潮。

第一个方法:看书。她说自己在低潮时买了很多书来看。

即使那本书对低潮没帮助,也可以打发时间,做一个有知识的不快乐的人也是好的。问她推荐哪一本书，她想来想去只说出一本，证明这本书真是很重要。这书是《Conversation with God》，看了令人明白每件事情可以有许多不同角度去看，也有许多不同方法去演绎,令人容易释怀。

第二个方法:多给自己时间静思。在漫长的低潮时间中,她尝试站在别人的角度去想,知己知彼,同时可以明白自己和别人多一些。在静思的时候,是自己和自己相处的时间,她渐渐明白到自己是什么人、自己想要什么、不想要什么。她说想清楚这些不一定可以令自己快乐，但可以令自己无悔和心安理得。

第三个方法:多亲近小朋友、小动物和大自然。她在低潮时期曾经到过澳洲一个朋友的家,朋友的孩子天真无邪,令她暂时忘却了痛苦。她说:小孩子是最真、最直接和不掩饰的,而且是生命力的象征，和他们一起可以忘忧。小动物常能给主人无条件的信任,而且在低潮中的你再不济,小动物也不会小看你、嫌你烦，它们还是会静静的坐在你身边聆听你的不幸。此外,置身于大自然之中,神奇的大自然会令你觉得世上一切事情也是有可能的,纵然有许多事情非人类所能解释、改变,但大自然是能力之源,它可以令你开阔胸襟,放眼远观,不会只集中看自己身上的不快。

第四个方法：做一些自己以为是奇迹的事情。譬如有一次她驾的跑车与一架货柜车发生碰撞，货柜车司机因为没看见她而驶近，将她座驾的半边车门也削去了。她修车动辄要好几万元,但看见司机是收入微薄且有家累的人,几万块的赔偿对他来说不是小数目。一念之间，她对警察说不用那司机赔偿，当下警察的眼睛睁得老大看着她，司机更是感动得说不出话来。

她说做了这件对司机来说是奇迹的事情，自己的心情也愉快很多，而且一桩小事，令牵涉在里面的两个人都感受到人间有温情，何乐而不为？

最后，Bonita 感性的总结自己的这次低潮：低潮增添了她的力量，此次之后，她对爱情更尊重、更相信，觉得爱情更高尚、更美丽。

人都说：信则有，不信则无。

她如此坚信有完美的爱情存在，寄望她下次不仅能遇得到，而且抓得牢。懂得爱的人才配得真爱，不是吗？

[逆境强心针]

1　看书：在低潮时多看些书，即使那本书对低潮没帮助，也可以打发时间，做一个有知识的不快乐的人也是好的。

2　多给自己时间静思：在漫长的低潮时间中，尝试站在别人的角度去想，知己知彼，同时可以明白自己和别人多一些。

3　多亲近小朋友、小动物和大自然：小朋友是生命力的象征，与他们在一起可以忘忧；小动物常能给主人无条件的信任，总是静静地坐在你身边聆听你的不幸；而大自然是能力之源，它可以令人开阔胸襟、放眼远观，不会只集中看自己身上的不快。

4　做一些自己以为是奇迹的事情：这可以令自己的心情愉快很多。

郑金妹——寻回自尊是自救的开始

“一个没有自尊的人连自己也看不起，做什么都自然会失败。她学会接纳自己的弱点，接受儿子有智力问题。”

母亲节那阵子，报纸常报道单亲协会协办的向母亲献礼的活动，许多报道也有郑金妹拿着大会送给她的花，儿子亲吻她的脸的照片。看见她俩的笑容，谁会想到这个不幸的女人与患有自闭症的儿子背后的辛酸故事。

约郑金妹访问那天，因为素未谋面，她告诉我她的特征：约莫五尺六、长头发束马尾、手长脚长；约莫四十岁年纪，但脸容看来比实际年龄憔悴。

见面的时候，她展开灿烂笑容对我说：“是不是跟我形容的一样？手长脚长，双眼有点憔悴？但不要紧，我接受自己，认为自己漂亮就行。今天我总算再能抬起头来做人了。”

坐在她家不足一百尺的房间内，我听她娓娓述说坎坷的半生遭遇。

郑金妹生长在贫困的渔民家庭里，父母靠打鱼维生，养育她十个兄弟姊妹。家里重男轻女，儿子可以去读书，女儿年纪小小就要去做工。金妹才十二岁就被送去为洋人打“住家工”，住在雇主家里，见不到父母兄弟的面。

那时她的月薪有三百元，她全数给了母亲，母亲只留下五十元给她用。据她形容，母亲是一个脾气暴躁的人，被她打骂是常事。在不够钱用或要添置衣服时，母亲也不会多给一毛钱。试过有一次她的裤子穿了洞，本来有两条裤子替换，破了一条就没得替换了。她问母亲拿钱买裤子，母亲也不肯给，还骂了她一顿。破裤子始终不好见人，她唯有在睡前洗了裤子，明天一早再拿来穿。但只一夜裤子通常干不透，裤头和裤袋穿时仍是湿的，她说自己就是一个人形干衣架。

有时没钱买米，她一个面包就分几天吃；没钱买菜，就一个咸蛋吃四天。

雇主的脾气也不比母亲好，打骂是常有的事，最令她难堪的，是时常受到性骚扰。

在她十七岁时，曾因屡次受到骚扰而萌轻生之念。她站在天台边缘想跳下去，幸好在对面工作的姊妹看见了，跑过来开解她。

好不容易捱过了这段黑暗日子，二十三岁时她以为嫁个丈夫就可以有好的生活，谁知道这个选择是错误的，是另一段黑暗日子的开始。

婚后不久她就怀孕，她万想不到丈夫在她怀孕后就开始嫌弃她，不肯陪她看医生，甚至还开始了婚外情。她强忍苦楚等到把孩子生下来，生下来是个女儿，家姑一看见是女儿便立即板起面孔，说了句："是个女儿！"就和儿子走了出去。金妹听见她在产房门外跟丈夫说："反正是个赔本货，不如大的小的都不要了！"丈夫说要留下她，女儿可不要，于是二人计划骗她说女儿要给别人养，就把她拿走一去不返。

金妹在病床上听了心如刀割，怎料到丈夫会这样待她和女儿？她又怎舍得刚生下来的女儿被人送走？她坚持留下女儿，不肯交给任何人，换回来的是百般凌虐，她忍受不住，就带着女儿离开夫家。

她和女儿走出来之后，用十多年来"死悭死抵"储来的积蓄，在屯门买了一间屋，但付得了首期，余下的已不多了，她唯有再去打住家工，把女儿交给别人养。但打住家工要住在主人家里，常常见不到女儿，她认为孩子还是母亲教养照顾的好，就放弃了三千多元的住家工，去做薪金只有千四元的工厂，这样下班才可以照顾女儿。

因为产后失调和操劳过度，肠脏敏感、十二指肠溃疡和气管炎三种疾病同时折磨她。每次她看完医生，吃过药休息时，就告诉那时只有三岁的女儿：如果母亲不醒来，你就打这张纸上的电话给姨妈，再不醒来，你就打这张纸上的电话报警吧！她还斟了许多杯水放在桌上，又放了许多食物在小罐内，怕的是自己起不了床会饿坏女儿。

终于给她熬过来，支撑着可以再站起来去上班，朋友见她的生活这样艰难，就劝她去找她的丈夫，找回丈夫，生活就会好过了。

金妹听了朋友的劝告，真的去找回丈夫，丈夫就搬进她家住，负担部分的生活费。丈夫应承她会痛改前非，她以为和女儿可以安安乐乐过日子了。

不久她又怀了孕，这次生的是儿子，但是好景不长，丈夫又故态复萌，还在内地"包二奶"。有一次，丈夫又要北上，她抱着儿子去送行，看着丈夫赶着去跟另一个女人会面，真是心

如刀割。这时候刚生下儿子，有两个小孩要照顾，她想离开丈夫外出工作已是十分困难的了，她唯有忍耐下去，希望丈夫有回心转意的一天。谁知道忍耐竟然令他变本加厉，他还当着她面带女人回家。因为她曾患过产后抑郁症，接受过精神治疗，丈夫带女人回家时竟然对她说："这只是你的幻觉，你自己胡思乱想吧！你忘记了你是有精神病的吗？我其实没有带人回来啊！"

她叫自己容忍下去，等子女稍为长大再说，但过度容忍却令丈夫为所欲为。他不单对家庭不负责任，而且常打她骂她，更虐待一双小儿女。

自己小时受人虐待，怎忍心儿女重蹈自己的覆辙，再遇上同样的悲惨命运？一次她在电视中看到一个讲虐待儿童的节目，她下定决心要离开丈夫，就打电话给社工告诉她被丈夫虐待的事，社工安排她住到宿舍，离开丈夫。

为了离开丈夫，让子女过正常的生活，她不惜抛下用十多年积蓄买来的居所，又要由零开始，和年幼子女一起面对茫茫前路。刚以为可以喘气的时候，另一个打击又来了。她发现儿子的行为异常，过度活跃，整天大叫大跳，不得安宁。送儿子上幼儿园，总被学校恳求带他回去，因为他太活跃，影响其他小朋友上课。

要照顾整天不停吵闹的儿子的她，还四处为儿子求医，但医生都说他智商正常，还说每一个小孩子都是难养难教的，叫她别庸人自扰。

她仍不放弃四处求医，终于知道儿子患的是自闭症，且有过度活跃的倾向。她一心要让儿子进特殊学校接受教育，由元朗找到屯门再找到荃湾,每间学校都说额满,最后由教会的朋友安排,儿子才可进入特殊学校就读。

这个故事，是金妹在她一家三口住不足一百尺的家里告诉我的。她的家实在很狭小,进门口要先转进洗手间,才关得上门,八十多尺的唐楼套房中,放满了食物罐、厨具、女儿的书本和儿子的玩具。房内放了一张三尺宽的两格床，女儿睡下面,她和儿子睡上面。家里没冰柜,买了肉回来或买给儿子的朱古力条怕溶掉,就放在房东提供的冷气机前吹着;不舍得开冷气时，就挂出窗口外。她笑着对儿子说:这就是我们的雪柜。

金妹告诉我，她虽然住在这么小的房间，但不用寄人篱下,又可以亲自照顾子女,已经很满足。

郑金妹甫生下来就因为父母重男轻女而抬不起头;因为手长脚长脚板大,常给朋友取笑而抬不起头;后来又因长期受到性骚扰,更感到自己低微卑贱。嫁了丈夫之后,因为生下女儿而被家姑厌弃，后来又因为生了个有问题的儿子而被人歧视。她说:也曾接受不了自己的儿子智力有问题,因为长期对丈夫忍让,女儿认为她懦弱而瞧不起她。她思前想后,痛定思痛,想通了从前被人歧视、受人看扁其实不是自己的错,从现在起她要抬起头做人,和儿女展开新的生活。

金妹说:从前常失败、常被欺负,变得没成功感、没自尊;一个没有自尊的人连自己也看不起，做什么都自然会失败。她学会接纳自己的弱点，接受儿子有智力问题。自己没违背良心没害人,为什么抬不起头做人呢?她决定要重生,要抬起头来面对明天。

访问期间，金妹的女儿回来，她为弟弟买了零食，也替母亲买了这晚吃的菜。弟弟一看见食物便开心地吃起来，自从进了特殊学校以后，他没再大吵大叫，其实看不出他和其他正常孩子有什么区别。

她一家三口挤在这小小的空间里，这小空间是属于他们的，金妹竭尽力量为儿女提供一个安全、舒适的环境。

[逆境强心针]

1　不要因失败或常被欺负而变得没成功感和没自尊，因为一个没有自尊的人连自己也看不起，做什么都自然会失败。

2　不要因为被人歧视、受人看扁而认为是自己的错，应抬起头来面对明天。

文宝婵——小朋友口中的“开心阿姨”

“知足常乐，她认为家庭最重要，相信明天会更好。”

文宝婵是我在深圳一位小读者的妈妈，他们多次邀约我到家里参观，于是趁着没工作，就偷闲去她家小住一天。

文宝婵是一个中级干部，在城市管理办公室工作，哪个地方要砍一棵树，也与她有关。她的外形有一种威仪，但是，这个中级干部却是笑口常开的人，见过她四、五次，但没见过她忧愁忧虑。

她带我到女儿就读的深圳中学参观，沿途遇见的同学、老师，见了她也是喜出望外，女儿同学“阿姨、阿姨”的叫个不停，还要上前和她拥抱。她说：女儿的同学都叫她“开心阿姨”。我想：这个丧夫多年，独力照顾女儿，要在官场打滚挣扎的女人，是怎样熬得过来，成为“开心阿姨”的？

她的坚强源自无情的打击，而无情的打击又源于有情人的逝去。

年轻的她曾因为爱人移情别恋，而整整四年不敢再涉足情场。朋友要介绍一个与她一样读兽医的男子给她，不知因为什么缘故，两人都裹足不前，连对方的面也没见过。一年之后，这个男人却突然找到她的办公室来，向她道明来意。

朋友的眼光果真不差，这天一见之后，两人便交往起来，不到半年，就结合了。四年的等待，原来是为了要等待一个合适的人、一个好丈夫。婚后二人形影不离，连上街买菜、买豉油也要手拖手一起去。同事、朋友常常取笑他俩太恩爱，都称她丈夫是“模范丈夫”。

婚后一年，她怀了孩子，丈夫更是呵护备至。生产时丈夫陪了她整整二十二天，不理工作单位会否批评他拿这么长的假期。生了孩子，他对她更是照顾得无微不至，煮饭洗衣服都是他。邻居看见这个大男人背着女儿煮饭，都说他是好丈夫、好父亲。

然而天意弄人，文宝婵当幸福少奶奶的日子并不长，在女儿七岁的时候，丈夫得了癌病。对她来说，这个噩耗仿佛震动了全世界。他本来是一个健健康康的人，也是整个家庭的支柱，现在这根柱要崩溃了，她的心仿佛也要裂开。

丈夫病了两个月就离开了，死时才三十五岁，人们都叹息为何好人不长命。这个打击，许多人以为她一定承受不了，这么恩爱的夫妻，这么一个完全倚赖丈夫的幸福女人，怎能独力肩担起这个家，独力抚养女儿长大呢？

她说：如果没有这么一个懂事的女儿，她一定支撑不住。还好得有娘家的支持，还有邻家的太太天天晚上来陪她，陪她聊天陪她坐，直到她睡了才离开。过年过节，邻居也邀她一起度过，免得她母女俩孤清清的。

带着女儿，她不能不面对现实，既然人死了，哭也哭不回来，唤也唤不回来，那就要咬紧牙关面对现实，要忘记伤心往事，拿出心力来培养这个女儿。

从前一家三口其乐融融，三人形影不离。现在父亲离去了，每次文宝婵要带女儿上街，女儿也嚷着要爸爸一起去。她不得已留女儿在家时，女儿反安慰她不用耽心，因为父亲会在家里陪伴她。女儿每天写几十遍“爸爸我很挂念你”，直至写了几万遍，叫她看见了心酸。幸亏女儿像父亲，是个温柔而懂得照顾人的人，她给了文宝婵许多欢乐和安慰，女儿令她感到幸福，感到骄傲。

说到这里，她笑说自己还是一个幸福的人，常会因祸得福，丈夫虽然离开了，但有这么一个乖女儿，这是她最大的安慰。她想如果丈夫仍在，女儿也许会刁蛮点，不会像现在这般生性。人生有得有失，她喜欢数算得的一面。

一向觉得中国官场波诡云谲，她到底有何生存之道？她说自己在官场上的生存之道只有“无求”二字。年轻的她也曾野心勃勃，奋斗目标是当上干部，但当上干部之后，她满足了，变得无欲无求。在她刚大专毕业的第二年，上级已要提升她做妇联主任，但她推辞了。问她为何推辞？她淡淡地说：怕担子重。如果那时没推辞，现在也许已飞黄腾达，但也许已身陷囹圄，官场中人毕竟祸福难料。知足常乐，她认为家庭最重要。

她从前在建筑管理委员会工作，那可是一个肥缺，有些人在任内已经荣华富贵。但她从不和人争，能忍让就忍让，够吃够住就满足。也因为这样，同事对她反而更尊重，尊重她的正直清廉，也尊重她热心助人。她说：没有人欺负她们孤儿寡妇，反而大家都尊敬她，还羡慕她有个好女儿。

她笑言自己是常常因祸得福的，她不和人争，反而常常会得到惬意的工作，后来她转到了城市管理办公室，负责环境绿

化，那对爱清静、爱植物的她，是赏心乐事。

文宝婵生性乐观，天掉下来当被盖，她明白知足常乐，常相信明天会更好。她说开心也要做人，不开心也要做人，笑总比哭好。问她有没有耽心女儿长大了离开她，她会变得寂寞？她说一点不耽心，人生行一步是一步，耽心也没用。明天？明天也许世界大战哩！她笑道。

问她面对逆境之道，她总是开怀的笑说："不计较，开心点就行喽！"这是她常挂在嘴边的话。

也许，你学习到她的处事待人，你也会像她这般乐观开怀。就如我在她家里，耳闻目睹过这些事：

她丈夫刚死的时候，初恋情人来找她，说要照顾她和女儿，她很感动，但转念一想，对方是有妇之夫呀！他若离开了家庭，妻儿怎办？己所不欲，勿施于人。自己没了丈夫，女儿没了父亲，她不想别人重蹈覆辙。于是，她劝初恋情人回到妻儿身边，教他幸福家庭之道，现在，他们成了互相支持的朋友。

女儿的同学父亲刚逝世，母亲没工作，却要养活几个儿女。文宝婵亲自去慰问，嘱咐做母亲的千万要让子女读书，安慰她等到子女长大了就会有好日子，始终会守得云开见月明，还答应在经济上提供帮助。

文宝婵有一间屋子租给了一个被包的"二奶"，男人在香港的妻子到深圳找晦气，找不到二奶却找上了她。妇人本来想放火与二奶同归于尽，文宝婵劝她要心平气和，劝她平心静气想问题，不要只管骂丈夫，更不要做傻事，要努力争取回丈夫的心，给丈夫一个机会，也给自己一个机会。谈了一个多小时，妇人豁然开朗，笑着离开。第二天那二奶上门道谢，因为她平息了战争，她于是劝二奶不要破坏别人家庭，要趁年轻找个好归宿。

访问时由始至终，文宝婵都是这般开怀，这般乐天，没皱过一次眉。别人说笑招好运来，遇见她，我深信。她是女儿同学口中的开心阿姨，也是友侪眼中的幸福妈妈。

[逆境强心针]

1　不和别人争，能忍让就忍让，够吃够住就满足。也因为这样，同事反而对她尊重，尊重她正直清廉、热心助人。

2　要知足常乐，不计较，常相信明天会更好。

第三章

处世哲学

莫云汉——没市场的处世哲学

“凡事有得就必有失，有失也必有得。地球是圆的，地球上一切也根据这个圆在循环。”

他半生与私校结下不解之缘。

他半生与教育结下不解之缘，似乎下半生亦如是。

说起人生中的低潮，他说：如果看不开，他自己这二十年也可说是处于低潮，郁郁不得志的。

每次心情难过时，他总用孟子的话来安慰自己：“天将降大任于斯人也，必先苦其心志、劳其筋骨、饿其体肤。”

每次他总告诉自己，不要只着眼于眼前得失，要将眼光放长远点，今天的忍耐与苦痛，可能是为将来的成果作预备而已。

也许有人会觉得这样想很阿Q，难道遇到的不幸越大、挫折越大，就代表上天要给你的责任越大，你就可以成就大功业，名垂千古吗？

我问他：有些人在低潮时将安慰与盼望寄托于别人，有些人寄托于宗教，这些都可说是双向的。而像他，寻求安慰于古道圣贤，都是些已作古的人和事，不太寂寞吗？

他答：是寂寞的。

莫云汉小时候的家庭环境不好，他却坚信学问对人的重要。中学毕业后，他报读私立的珠海书院，夜晚上学，日间在晨冲书店兼职做店员，刻苦完成学业。

在珠海的第四年，他通过朋友介绍，找到在德圣男女书院的一份教职，便向晨冲书店的老板辞职。老板用升职加薪挽留他。他想，在书店工作也是传播知识，但要等人来买书，怎及教育的主动传授、教学相长来得直接？于是他婉拒了老板的挽留，毅然加入教师行列。

在德圣中学任教二年后，他转到大同中学任教，后来大同中学结束，又改去珠海中学，他就在位于荃湾区的珠海中学任教至今。转了三间学校，教了二十年书，仍是私校。为什么不转到待遇较好、设备较好的津贴中学任教？不问可知，笔者自己也是过来人，津贴中学对聘请台湾、国内毕业生，甚至私立大专的毕业生，怎会没有歧视存在。但他答得忠厚：

"私校没有津贴中学那么多要求，也没有那么多行政工作，可以安心教书。"

在教书的二十年生涯中，莫云汉没有停止提升自己，他在珠海书院完成了博士课程。珠海的博士学位，是台湾教育部评审和颁发的，有着和台湾各大学一样的学术水平，受到台湾的承认。

在这期间，他兼任珠海的大专讲师，后来又在能仁书院的研究所任讲师，指导硕士研究生。

无论珠海中学、珠海书院、能仁研究所，全部是私立学校，活在香港的很多人，连这些中学、大专的名字听也没听过。是不是毕业于私立大专的人，要想在教育界立足，就一生一世离不开"私立"二字？

问他有没有申请认可大学的教席，他答有的，这些年来他也曾主动向各大学自荐，但结果全是不被接纳。也许是我偏激一点，总觉得是大学的“学阀”现象在作祟。“学阀”也者，重视门户、出身，任用私人，爱玩“埋堆”游戏之谓也。

莫云汉可没有我这般偏激，他说：“也许是因为我不擅交际，太愚鲁，不懂处理人际关系吧！”

这依我理解，是中国传统知识分子那种不喜请托，不屑利用人际关系谋取一己利益的傲骨吧！这与当前社会的重视人际网络，重视“人脉”的处世哲学，是大相径庭的。

笔者毕业于岭南学院，那时未有被承认的学位，教过半年书，受过歧视之后，从此不再踏足教育界与公营机构，一直在私营机构浮沉挣扎，因为私营机构只重视才能，不问出身。

我虽然亦不喜应酬，但要寻找工作机会时，亦会在重要聚会现身，而且明白商场中双赢互利之道。面对莫云汉这种耿介而甘于食贫的人，有点汗颜，也有点惋惜。

我问他：教了二十年私校，其间承受了多少家人、朋友的压力？他笑说：没有承受多大压力。想一想，然后带点无奈地说：

“孩子也曾问过：为什么你要教私校？”

他白天教中学，夜里在大专兼课，才仅够一家人生活所需，而且私校的薪酬是按节数计算的，下学期若少教了节数，收入也会随之减少，是没有多大保障的。

但莫云汉说：凡事有得就必有失，有失也必有得。地球是圆的，地球上的一切也根据这个圆在循环。这一面是光的，另一面一定是暗的；相反这一面是暗的，另一面一定是光的。只是许多站在光里的人,没想到有暗的一面存在;站在黑暗中的人,也不相信有光的一面存在。

对于他来说,他所得的是什么?光明的一面是什么呢?

他说:教育是一种百年功业,有人说私校的学生质素差,但只要拿出真心待人,拿出努力去教学,一定会有成果的。

他十分相信教育对人改变气质、潜移默化的作用,他希望他的学生受教之后,就算成绩不理想,也能堂堂正正地做一个好人。

他带点欣喜地述说:每年的圣诞节,他也会收到学生给他的圣诞卡,那些从九月学期初才受教于他的学生会说:

"上你的课才几个月,已得到很多。

"从前以为中文是死的学问,现在才知道它是活的,是饶有趣味的。"

有些学生到台湾升大学后,会写信给他,告诉他大学教授教的中文课,也没有他在中学教得好。

他的学生纵使上其他学科的课懒惰,上他的堂却必定专心致志。这是因为他勤力备课、剪报,将中国语文结合时事、结合日常生活之故。

许多不同年级的学生也异口同声说:上了他的中文课,才知道中文是什么。

虽然教私校的收入不是很好,但他还是拿出积蓄去助人。1993 年他加入了苗圃行动,以帮助国家搞好基础教育为职志。

苗圃行动在 1992 年成立,是几个年青人搞出来的,目的是帮助国家建设基础教育。1999 年他们筹办了"行路上北京"

的义举，筹到二千多万。行路上北京，沿途经过广东、湖南、湖北、河南、河北五个省，筹到的钱就在这五个省建学校。两年以来，钱差不多用完了，他们亦建了二百多间学校。

苗圃行动资助建校的特色，是不透过官方而直接参与。他们会先去需要建校的地方实地考察，然后拿资料回香港开会研究，认为可以就会直接资助。为了要当地人自立自助，他们也要自己筹募约三分之一的经费，另外的三分之二就由苗圃行动资助。建校以后，苗圃中人还会长期监察，以后亦会资助贫穷学生书费、杂费。每有长假期，他们还会组团到那些地区的学校考察。

莫云汉在苗圃行动七年，是其中一个出钱出力的董事。搞教育是百年大业，他在香港每天上课教私校那些可说是 Band 6 的学生，假期时有余力，还为内地的教育出力。教书二十年，加入苗圃七年，从不言倦。

他说：将眼光放长远点，就不会那么计较眼前的得失。

这是多么不合时宜的论调！在香港举目所见，都是急功近利、争分夺秒的人，股票急泻跳楼自残的人，几时等得到明天！长期的忍耐与等待，谈何容易？

这样一个甘处贫贱，有远大理想的人，靠的是中国古圣先贤的精神教育。也许没有多少人会效法他的处世哲学，因为没名没利没人支持，但倘若有、万一有愿意效法的人，他推荐大家去看《菜根谭》这本书，此书文字浅白，但其中道理却可终身受用。

最后，他引用一句词以明志："零落成泥辗作尘，只有香如故。"那是咏梅花的——就算落得景况凄凉，但香气不减。

也许笔者从前若肯坚持学习、坚持对古文学的爱，而没有投身名利场的商界，甘于食贫，也许也能如莫云汉一样傲然说上面的一番话。在别人眼中的郁郁不得志，在有心人眼中是求仁得仁，又有何怨？

记得孟子还有这样的一句话：

“居天下之广居，立天下之正位，行天下之大道，得志与民由之，不得志独行其道。富贵不能淫，贫贱不能移，威武不能屈，此之谓大丈夫。”

此中“不得志独行其道”、“贫贱不能移”的气节，莫云汉也做到了。如果我们都甘于淡薄，不着眼于眼前得失，也许我们都可以是大丈夫。

[逆境强心针]

1　每遇心情难过时，告诉自己不要只着眼于眼前的得失，要将眼光放长远点。今天的忍耐与苦痛，可能是为将来的成果作预备而已。

2　教育是一种百年功业，有人说私校的学生质素差，但只要拿出真心待人，努力去教学，一定会有成果的。

吴兆文——将中医与心理治疗结合

"心理学家和常人一样会遇到心理问题,低潮时他会多看哲学书去修养自己,又会做运动和用中药来调理、平衡自己。"

访问吴兆文先生是一次很愉快的经验,他讲及心理治疗和中医的关系,真使我获益良多。下面没有谈及很多他如何面对低潮,但其中的知识与观点,绝对是精彩万分和令人终身受用的。

吴兆文是在曼彻斯特医学院毕业的心理学家,曾在社会福利署做督导主任,教导心理治疗。认识他是通过家庭治疗心理大师李维榕的介绍,他那时在专业进修学院开一门有关忧郁症的课,我对这一门课很有兴趣,他还给了我上课的笔记,所以,写这本书时就顺理成章地想到他。打电话到社会福利署找他,那边的人说他去学中医了。中医?心理学家跑去学中医?真有点风马牛不相及。后来接到回电,原来他在理工大学从事研究工作。

一见面我就问个究竟,原来他真的正在浸会大学修读为期四年的夜间中医课程,而且在理工大学从事研究工作。研究什么?正是西方精神治疗与中国医学的结合。究竟这两者有何关系呢?请听他慢慢道来。

西方精神治疗有下列特色与不足之处：

(1) 西方精神科药物以治标为主，譬如失眠就开安眠药，紧张就开镇静剂，这些药物一来会上瘾，二来会令当事人容易将问题纯粹放在身体上。其实任何心理病的形成也有这个三角关系——身体、环境和心理。譬如忧郁症就是因为环境和心理先出了问题，身体上出现的病征，只是前二者出了问题的结果。治本的方法应该是令身体、环境、心理这三角关系取得平衡。

(2)西方医学有其思想局限性，研究偏于线性模式的单一因果关系。以忧郁症病者为例，研究结果显示，长期忧郁病人脑内的神经传递物质(monoamine)产生变化，令神经细胞间的传递出现问题，致有忧郁症的征状。西方研究的抗忧郁药就是针对此问题，这些药能令脑内神经传递物质回复正常，令忧郁症征状消失。但其实这种神经传递物质之所以失衡，就是病者的环境和心理出了问题所致，如果忽略形成的原因和两者互相影响的关系，这是治标不治本的。

说了这一大堆西方精神治疗的不足，这些不足中国医学可以补救吗?好像没听过中医有心理治疗的。

吴兆文说：中医着重系统理论，认为人是一个整体，其中有许多不同系统是互相影响的，系统之间取得平衡，就会身心健康。譬如中医有阴阳、表里、虚实、寒热等说法，就是强调要互相协调。

在中国医学上，人的身体或心理出现问题，那是系统间的平衡出了问题的结果，可以用药物来令系统恢复平衡，恢复平衡之后，系统正常运作，就可以有自疗作用。

不说不知,原来中医也是着重心理治疗的,吴兆文就为我们讲了这个在古老医书中的案例。话说金朝有一位著名中医刘之素，他被一个富有人家邀请去看病。富有人家的夫人因为前阵子家中被盗贼光顾，惊吓过度，患了忧郁病和精神紧张。每晚稍微听到少许声音,就会弄致整晚睡不着,甚至会恐慌过度而大叫,甚至昏厥。

她患的病类似现代的所谓“恐惧症”，一般西方疗法会用脱敏法(desensitigation),就是向病者解释为何会有这种惊恐,教他如何松弛,然后再教他逐步面对。

教他们面对的常用方法有两种。一种是层递式，譬如病者很怕老鼠,就让他先看老鼠的相片,再让他看玩具老鼠,然后让他看真老鼠，甚至和老鼠接触，如此逐步减低他的惊恐。另一种是一次性的强度疗法，方法是将怕老鼠的人锁在一间满是老鼠的房间,强迫他和老鼠相处,去治好他的病。

原来在二千年前中国最早的医学典籍《内经》之中,已有提及这种病的治疗方法,里面说:“惊者平之,平者常也,平常见之,必无惊。”就是令患恐惧症的人对恐惧之物习以为常,就不会再惊恐了。

大医师刘之素用的就是那种强度疗法，安排家丁整晚在夫人房外制造声音,这晚之后,夫人的病竟真不药而愈。

中医还讲究“形神合一”和“形神同治”,主张“心病还须心药医”。

谈到中国医学的特色,吴兆文指出了四点:

(1)深受中国文化影响——中医认为人的身心出问题,是脱离了“中庸之道”的原因。就如处理欲望，欲望可以帮助我们进取，但如果欲望太强，就可能有损身心了，所以要在太强太弱之间取得平衡。

(2) 深受中国传统哲学影响——中国医学深受儒、道、佛家的学说影响。例如刚才说的欲望，传统学说多认为病苦就像是处理欲望，要使欲望得到平衡，就不可太多欲，要维持心境恬静。儒、道、佛家的学说，虽然对处理欲望的方法不同，但要求平衡、淡薄则一。

(3) 着重系统理论——前面已说过中医强调人是一个整体，强调要取得各系统的平衡。有关心理方面，中医主张"情志相胜"，令喜、怒、忧、思、悲、恐、惊这七情得到平衡。医书中有这样一个案例，有一个士子高中了状元，被众人簇拥着回乡报喜，在路上因为开心过度而得了急病。一个医师遇到他，问症后告诉他得了不治之症。这人一听变得非常忧虑。回到家里却接到医师的信，告诉他并非患了绝症，只是他那时兴奋过度，医师就告诉他得了绝症，激发他的忧思，平衡欢喜得过了头。果然，士子的急病也在不知不觉中痊愈了。

(4) 重视"养身"——中医重视"养身"，在"神"(心理)的方面，主张要调节心理，着重提升个人修养去平衡欲望。在"形"(身体)的方面，则注重饮食、起居，还要做运动，例如太极、气功之类。唐代有"药圣"之称的孙思邈就活到一百岁，他极力主张人的品格、修养要好，这样才会有良好的心境和体魄。

问吴兆文他身为心理学家，是否不会遇上低潮、不会有忧郁的状况。他说心理学家和常人一样会遇到心理问题，外国研究不同行业自杀率差别的报告指出，精神科医生是其中一个自杀率偏高的行业；而且，在外国，精神科医生也是滥用精

神科药物较多的一群。

他说自己也有遇上低潮的时候，例如工作压力大，他对自己要求又高，长期下去就会很痛苦。低潮时他会多看哲学书去修养自己，又会做运动如缓步跑和类似太极的健身操，会用中药来调理、平衡自己。但他说：如果可以不用药就不要用。

问到他这专家对处于低潮或正患上忧郁症的人有什么面对方法可提供，他分别为严重情况和较轻情况提出了方法。

(1)严重情况的面对：

i) 应该面对自己的问题，不要将问题转移或投射。其实遇上问题而逃避面对，是心理保护的自然反应，通常人遇上困难问题时，会将注意力转而集中于另一件事情上。例如许多家长自己身上发生了问题，却将注意力转移到子女的教导和学业上。我们应该面对自己，找出自己的最痛处，正视问题，因为那问题正成为自己心理上的弱点。

ii) 有些人过于倚赖安眠药和镇静剂，但我们要明白这些都是治标不治本，解决不了问题的，我们要正视问题所在去解决。

iii) 有自杀倾向的人，在兴起自杀念头时，要给自己一两天，或至少两、三小时去找人倾诉，就是这两、三小时，已经可以使人从自杀念头中走出来。患上忧郁症的人超过一半会有过自杀念头，更有百分之十几会死于自杀，所以我们要十分警醒防范。

(2)较轻情况的面对：

i)多看有关精神健康或哲学的书籍。

ii)参加精神健康小组或修读心理健康课程。

iii)不要将自己藏起来，要找朋友倾诉，朋友的支持是很有用的。

iv)如果上述方法也没用，就要寻求专业的心理辅导。

吴兆文说西方国家的人遇上了心理问题，去找心理医生治疗是很普遍的，而且有保险可支付医疗费用，但香港人则较少寻求心理治疗，香港可得到的心理治疗服务也有不足之处。例如医管局所提供的精神科服务，多是集中较重症的精神病的，一般有轻微心理问题的人去求诊，会感到不适应和不自在。

此外，提供心理辅导的机构，又以家庭服务中心为主，这些中心的优先服务对象是家庭，而且集中于精神问题方面。

除了上面两种，非牟利团体提供的辅导服务，也值得尝试，例如 Resources and Counselling Centre、杨震辅导中心和突破辅导中心，但这些辅导机构会视乎求助者的入息而收费的。

我对心理学的认识不多，转述吴兆文先生的说话可能会有少许误差，但相信不会影响这篇文章的参考价值。这篇文章虽然不是讲面对低潮的故事，但深信其中所述必然对读者有点启发，例如笔者自己访问完毕，就想立即跑去学中医啦!

[逆境强心针]

1　面对极度低潮时，应面对自己的问题，不要将问题转

移或投射。

2　不要过度依赖安眠药和镇静剂，因为这是治标不治本，解决不了问题的，我们要正视问题所在去解决。

3　有自杀倾向的人，在兴起自杀念头时，要给自己一两天，或至少两、三小时去找人倾诉。

4　低潮程度较轻的人应多看有关精神健康或哲学的书籍。

5　参加精神健康小组或修读心理健康课程。

6　朋友的支持是很有用的，不要将自己藏起来，要找朋友倾诉。

7　如上述方法也没有用，就要寻找专业的心理辅导。

张淑娴——不尽甜蜜的创业经验

"问她创业这么辛苦，还要经历失望和失意，值得吗?她答:当然值得。"

如果读者常看杂志，也许你会看过一间名为"甜蜜蜜"的甜品店的介绍，这间小店位于不算旺区的红磡崇洁街。说这条街不是旺区，但它却有很旺的时候，因为这条街上有一间叫"加太贺"的日本料理，每天晚上常有一、二百人在等位，于是，崇洁街变得热闹起来，许多人只称它为"加太贺那条街"。有许多人是慕加太贺之名来这条街的，因此也有许多食肆想来分一杯羹，"甜蜜蜜"就是其中一间。

作者不是嗜食的人，本来连加太贺在哪也不知道，后来李力持导演告知这里有间甜品店，甜品很精美，还有一种镇店之宝叫"酥皮豆腐花"必定要试。我说正埋首写《一朝失意Ⅱ》，没心思关心吃的。他说此店的老板很好客，他去帮衬时，她曾经和他分享过创业经验，其中不乏辛酸和失意，也值得一写。他还说有许多因生意失败而大受打击的失意人，为什么不为他们写一篇文章呢?

我听了想想也对，就有了这个甜蜜蜜的约会、甜蜜蜜的访问。

"甜蜜蜜"的老板之一张淑娴曾在酒店做了四年多公关经

理，对饮食业谈得上很熟悉；她的一个妹夫也在酒店做厨师，在饮食业中打滚多年，他们创业由饮食业开始，说来也是理所当然的。

张淑娴家中共有五姊妹，她排行最大，四个妹妹也结婚了，她和四个妹妹四个妹夫相处得很融洽。闲来九个人常到处去找寻美食，俨然每个都是食家，有时遇着名过其实的食店，九个人会恨得牙痒痒的，心想自己搞一家一定比他们强。其中做厨师的妹夫也想为人打工终非长久之计，哪一个厨师不想拥有自己的餐馆？这时张淑娴正辞掉工作赋闲在家，就提议不如真的合作创业，九个人合资，每人都出钱出力，姊妹同心，哪有做不成的事？

但是他们的资本不够开一间餐厅，于是构思开一间甜品店，决定下来，九个人四处找铺位。旺区的人流多，但铺租动辄几十万，所以不在考虑之列。她的一个妹妹住在浪翠园，也曾想开在那里，但后来发现人流不够，打消了念头。终于，另一个妹妹发现了崇洁街，这条街只像一条小巷，但里面却食肆林立，其中单是加太贺一间，每晚就有四、五百人来吃东西。假如到加太贺的人有五分之一会吃甜品，生意已很不错了，加上每天也有百多人在加太贺门外等位，如果这些人在等位时进甜品店喝点什么，那也是很可观的生意。

于是九个股东拍板在崇洁街开店，但街上已没有空铺位，只有一个用来做货仓的铺可以考虑。他们去求业主租给他们，业主也懂赚钱，原来租九千元的货仓，租给他们要一万二千五百元。

铺位是有了，但铺名呢？一个妹妹提议叫“小甜甜”，一个妹妹提议叫“甜蜜蜜”，投票通过选了甜蜜蜜，甜蜜蜜的甜品，甜蜜蜜的感觉，但他们的创业大计会否一样甜蜜蜜呢？还是先苦后甜？还是……

甜蜜蜜的股东有九位，但股份只分为五份，四个妹妹和四个妹夫每 pair 占一份，张淑娴自己占一份。每份出资十五万元，合共资本是七十五万元。他们起初以为装修只要花十多万元，谁料光是店内的冷气设备已要十多万，还有厨房设备也要七、八万元，结果单是装修和设备已用掉五十多万。

接着他们构思甜品店的方向，妹夫是大酒店的大厨，对西式甜品十分在行。他们决定要以普通价钱售卖酒店货色，连用料也要向酒店的供应商订购。此外，他们卖的甜品一定要有特色，要卖别人没有的，而且质素一定要好，要做别人做不到的。妹夫构思出几款从前只可在大酒店尝到的主力甜品，包括：

瑞士朱古力火锅

香蕉朱古力豆腐花

杂果黑白珍珠

咖啡布甸和各款 pancake……

万事俱备，“甜蜜蜜”就在1998年的6月29日开张了。

他们最初的如意算盘是：甜品价廉物美，水准高又有特色，他们有信心一开张就能赚钱。一开业，他们就去加太贺门口派传单，谁知道，加太贺的客根本不是他们的客，太乐观、太倚赖加太贺的客源，成为他们开业的致命伤。

加太贺等位的食客不过是偶尔会来帮趁，但一坐便两个小时，两个人只叫两杯果汁，根本不会吃甜品。后来张淑娴分

析加太贺的食客不是他们客源的原因有二：

(1)客人在加太贺吃完东西已太饱，根本不想吃甜品。

(2)加太贺的食客多年青人，在加太贺吃一餐至少也要每人百多元消费，他们没有余钱再去吃甜品了。

“甜蜜蜜”初期光靠附近来吃甜品的人帮趁，每天只做千多元生意，三万多元一个月的收入，连付铺租、杂费也不够，几个月蚀下去，九个人当时创业的冲劲已逐渐消沉了。铺里面只有张淑娴和妹夫二人打理，妹夫做厨房，张淑娴招呼客人，还有其他妹妹、妹夫每晚下班及假期来帮手，虽然生意不多，但杂务如洗碗、抹桌抹地等，已叫各人筋疲力尽。他们累病了，第二天要请病假是常事。每天要耽在店里的张淑娴更是万念俱灰，她想如果没有创业，再出去打工，至少也可以在周末放假，而且收入也一定比现在好许多。

做厨师的妹夫的心情更好不到哪里，对他来说压力尤大，每天苦思新甜品去改善营业额，人也耽心得憔悴了。

当初怀着理想和极大的信心去创业，到头来却落得如此惨淡经营，这里面的一起一跌、一上一落，真是不易接受的。这种情况常是合伙人争吵的开端，也是许多朋友反目的导火线，幸好他们五姊妹感情很好，越困难反而越团结。试过有妹妹的朋友叫他们将铺顶了给他，但他们开业初期提出过最少要捱一年，一年内不能放弃，于是决定坚持下去。

“甜蜜蜜”生意的转机，还要从张淑娴从前的公关工作说起。她从前在酒店做公关经理，明白怎样才能吸引传媒来采访。她也有许多传媒界的朋友，于是就找人拍了甜品的照片，自己写稿，寄给每一间传媒机构。

这吸引《壹周刊》“壹盘生意”的记者来采访，撰文介绍“甜蜜蜜”的创业经验和构思。文章出了街，立刻吸引来许多好奇的人来品尝，有些客人还特地由屯门出来帮趁，这个月，“甜蜜蜜”的生意大好，还首次尝到赚钱的滋味。但这个月之后，热潮和好奇心过去，店铺的生意又淡了下来，生意又回落到跟从前差不多。

真正的转机，在于做厨师的妹夫构思出一种叫“酥皮豆腐花”的甜品，这种甜品是前所未有的，是他的发明。这种甜品就像酥皮海鲜汤一样，上面是焗成香软的酥皮，下面是热辣辣的豆腐花和朱古力汁，想起都令人垂涎三尺。

张淑娴再施展她在推广上的浑身解数，将“酥皮豆腐花”甜香四溢的相片寄给各大传媒，这次吸引来《经济日报》的介绍，但好戏还在后头，无线《城市追击》的人看了报导要来采访，张淑娴当然欢迎之至。

节目出街时，主持安德尊介绍说：“香港现在市道低迷，让我带大家看一间甜品店，怎样凭着一碗豆腐花而由蚀变赚。”

节目一出街，“甜蜜蜜”的电话马上响个不停，人潮从四方八面拥来，令甜品店一时应付不了。门外聚集了上百人在等位，因为材料用光了，迫于无奈只好拉上闸停止营业，立即四出搜求生果等材料，再开闸时，门外的顾客已等得有点鼓噪，但开了不够三小时，又卖光了，不得不再关门。

在《城市追击》报道之前，每天只卖出几十个酥皮豆腐花，现在每天卖几百个，真的令“甜蜜蜜”由蚀变赚。但张淑娴明白这个热潮维持一、两个月也是会过去的，他们必须不断创新，而且维持高水准。生意好了，他们也可以请人帮手，现在

已请了三个伙计还有几个兼职，她和妹妹、妹夫也可以舒一口气了。

问她创业这么辛苦，还要经历失望和失意，值得吗？她答：当然值得。她还举出了创业的好处：

(1)创业给人很大的满足感，一切成功失败都是属于自己的，这是打工得不到的感受。

(2)创业给人很大的自信，创业时什么都是一手一脚做，烦琐的事、困难的事都要一一克服。对她来说，创业更令她对自己的公关天分和能力充满信心，附近的食肆也找她做公关帮忙推广。她说希望将来可以成立公司，为请不起公关的小型公司、店铺做推广。(作者告诉张淑娴自己开了间小书店，她翌日就告诉了在《太阳》和《苹果》工作的朋友，邀他们来采访，隔了两天又来电话说替我想了些宣传点子，令我想到她公关工作的成功，除了靠经验、构思外，主要还是真心和热诚。)

再问她创业成功的关键在哪？她的分析如下：

(1)创意：要做到“人无你有”，要不断有新构思，不断改良进步。

(2)宣传：如果没有宣传，再好的货品也不会有人知、有人来买。她的心得是拍了照片写了稿寄到各大传媒，如果商品真是创新、吸引的，一定能吸引到传媒报道。

(3)保持水准：不断创新改良之外，还要维持水准，追求高质素，顾客才会再来光顾。

年青人多喜欢创业，但由于没经验、太理想而招致失败，失败使人一蹶不振，对自己失去信心。张淑娴告诉我有高薪厚职的人不宜创业，因为很难赚回从前所得，而且不易有破釜

沉舟的决心。对于有志创业的人,她提出以下忠告:

(1)要事先搜集足够资料——他们创业初期因为没经验、太理想化,看见别人赚钱容易,就低估了创业的艰难。她说创业切忌只看表面,也不可太理想化,要调查清楚投资的每一项目实质要多少钱,掌握一切资料才决定是否开业。

(2)要有毅力,不怕失败——创业要有蚀本的心理准备,赚钱只是Bonus。就算遇上失败,也要在失败中学习。意志力和毅力对创业是非常重要的。

(3)要坚持理想——前面虽然说别太理想化,但创业却一定要有理想,对自己要有要求,不能停步不前。

赚了钱,张淑娴和妹妹、妹夫想大展鸿图开分店,但她说这次一定会计划清楚,不会轻举妄动了。不久将来,你也许会在旺区或你家楼下,见到一间新开张的“甜蜜蜜”甜品店,说不定在店中坐镇的,就是这次的被访者张淑娴。

(在这本书出版之时,甜蜜蜜已在尖沙咀厚福街开了分店,且经营得不错。)

[逆境强心针]

1　创业切忌只看表面,也不可以太理想化,要事先搜集足够资料。

2　就算遇到失败,也要在失败中学习。意志力和毅力对创业是非常重要的。

3　要坚持理想,对自己要有要求,不能停步不前。

张毅成——四次失落三次因为爱情

"他靠的是不断努力工作，来为自己设下退路和后备，加倍努力工作是为失意先做安全措施。"

张毅成从前是《苹果日报》的副刊编辑，未创刊就已加盟《苹果》，可说是开国功臣。也许读者不熟悉他，但说到他是《打妖王》的幕后主脑，也许会加深对他的印象。

他不算高大英俊，但他的失意失落每与感情有关。他说自己很幸运，和他发生感情的都是有质素的好女人，这怎不羡煞一众自以为高大英俊的男士！

约了他在将军澳的Pokka等，他却去了蓝田的仿膳饭庄，两人都坚持自己已说清楚地点，那只好诿过于互相不吸引对方留心自己说话吧！

未入正题前先闲聊一番，谈谈他的工作历史。他先后在无线和亚视任编剧工作，后来去了《新报》，在那里被辞退了，就加入智才集团，将崭新意念的卡通片进军中国内地市场，出师未捷，就转投同一老板于品海的《现代日报》。

他认为《现代日报》是有其成功之处的，里面训练员工对现代化的技术、技巧与新思考方法，使这些员工在《现代》关门转投《苹果》之后，间接有助《苹果》的成功。《现代日报》当时

在龙景昌的领导之下，采用了新的运作方法，例如是较早以电脑化操作，在处理新闻方面，着重深入详细的“杂志式”报道手法，将新闻的主角背景及事件与其他人事的联系深入交代，这也是《苹果》活用的手法。

从 TVB 到《现代》到《苹果》，他的事业有起有落。他说事业不如意的时候，会有点失落，但他不会使自己停留，喘息过后，就会四出寻找机会，通常也会很快找到新机会、新工作，从没有给自己时间去沉迷于失落之中。

问他失意之事，他说迄今有四次较大的失落，最震撼的一次是在七、八年前。

那时他已是有妇之夫，还有两个孩子，他在工作上认识了一个已有要好男友的女孩，两个人不知不觉地爱上了。他说：当时两个也是对方的“黑市”恋人，一齐上街不能拖手，在很多情况下不能见面。这段复杂的恋情拉扯了一段颇长的时间，后来他终于向妻子提出离婚，原因不多不少都因为这段婚外情。离婚以后，以为可以好好和对方在一起，谁料这时她向他提出分手，原因不是重回男朋友怀抱，而是另有新欢。

张毅成说当时对她的感情很强烈，她的离开对他是很大的打击，觉得全无希望，曾经想过从高楼上纵身一跳结束生命。

问他为什么没有这样做?他说自己有太多嗜好了，看一场球赛就可以令自己在刹那间忘记痛苦，有时想不开只是刹那间的事，过了那刹那，就可以回复过来。

他的另一次失落是在事业上的，在两、三年前，他不断地检讨自己的事业和将来，几乎每天醒来以后也不想上班，造成

这次失落有三个原因:

(1)他觉得自己年纪大了,体力上有问题,不能再像年轻时候一样抵受重大压力,意志也随着年纪而消沉,渐渐地萌生了退意。

(2)他的创作力已不如前,上司也看出他需要转变。对一个创作人来说,创作力下降是很令人悲哀的事。

(3)他想到自己时日无多,已经四十多岁,如果自己有六十岁命,就只剩下十多年,如果浑浑噩噩地浪费掉太可惜了。

极度的失落却没有使他萌生退意、放弃工作,他道出的原因也有三个:

(1)自己太懒,这种年纪换工作要有很大的决心。

(2)钱也是一个问题。他的两个孩子在加拿大读书,他还要供给他们,而且他自己很挥霍,过不了没钱的生活,他不想孩子和自己的生活质素下降。

(3)第三个原因是他不甘心,他每次有新创作意念时,也觉得自己是优胜过他人的,而且自己的某些创作是具有世界水准的。

就是这三个原因令他支持下去,终于在后期他加入了《打妖王》这个崭新漫画意念的创作,而且是掌舵人之一。漫画既是他的爱好也是理想,他可以再告诉自己是仍有不差的创作力的。

囫囵吞枣地吃完他叫的午饭,他再续讲其他两次失落。一次是初恋,初恋虽然失败,但在他的心中却留下崇高的印象。在他的心目中,初恋女朋友是完美的化身,失意时想起她,会得到支持的力量,他说她是他的精神治疗师。

另一次失落是与前妻的婚姻破裂，这是他一生的遗憾，但他们分手亦是朋友，前妻在他失意时，仍会给予安慰和实质上的帮助。

张毅成的四次失落，有三次是因为爱情，也许这就叫“情多累美人”吧！不仅累美人，也害苦自己。

问他怎样面对失意，他戏谑地说最紧要懂得骗自己：

(1)骗自己说很多人比自己更差更糟，令自己增加自信。

(2)骗自己别人比自己更惨十倍，令自己只顾同情他人而忘记自己的惨况。

(3)骗自己说一切都是别人的错，诿过于上司、女朋友和一切人，自己就会好过点。

他说着笑起来，说这是面对失意的灵药。我正色地问：有没有正面点的？

他也认真起来说：自己虽然悲观，其实也是个正面的人。他靠的是不断努力工作，来为自己设下退路和后备，加倍努力工作是为失意先做安全措施。

他说每次失意时，都会要自己全力投入新工作之中，工作会令他忘记失落，只有为新方向努力，才会忘掉旧有的失败，也不至于新的工作做不好，旧的又失败，令自己受到双重打击。

访问的最后他还一反常态，语重心长地说：一个人对人生的看法，是会影响他解决问题的。在他的思想中，人本来就是弱者，一定会常遇上不如意事，是没有可能事事顺遂、没有痛苦失意的。只要明白人类是弱者，明白人生必然会遇上痛苦，就会用平常心去看世事。只要我们有这样的心理准备，挫折对我们的打击就会减少减轻，我们也会较容易接受和面对。

他认为有起有落才是好的人生，失落时告诉自己这才是在经历真正的人生，人生有起必有落、有落必有起，失落的时候，他知道必有再起的机会。

他珍惜悲哀的时候，因为没有悲哀就没有真正的快乐，也衬托不出真正的快乐。

听张毅成述说失落，原来这个看似工作狂的人，人生的失落有四分之三是因为爱情。虽然他的行为观点有些是我不敢苟同的，但观乎与他分手后的几个女人，都仍对他付出关心和支持，也许他是个不坏的男人。

因此，以上面对失落、失意的方法，应该可以作为其他不坏的男人的参考。

[逆境强心针]

1　面对失意时，最紧要懂得自己骗自己，如骗自己说很多人比自己更差更糟，令自己增加自信，令自己只顾同情他人而忘记自己的惨况。

2　明白人类是弱者，明白人生必然会遇上痛苦，就会用平常心去看世事。有了这心理准备，挫折对我们的打击就会减少减轻，我们亦较容易接受和面对。

3　有起有落才是好的人生，失落时会告诉自己这才是在经历真正的人生，人生有起必有落，失落的时候，他知道必有再起的机会。

第四章

不惧风雨

郭惠娴——家里预备了一张轮椅

"别人做到的，她也必定做得到。亦因为一切得来不易，她对别人的要求也高，跟她合作的人，做事是不容苟且的。"

惠娴是一个很有信心和爱心的社工，看她一眼，你会觉得她满有能力；相处下去，你会发现她有坚定的信念。

她今天能够做社工，是经过了七年锲而不舍的报读，而且在这之前的岁月，承受了不少艰难和白眼。

惠娴小时患上了小儿麻痹症，这个病令运动神经受到破坏，令肌肉萎缩，她的骨骼退化速度会比正常人快很多，而且路走得越多，退化越快。

她小时候家贫，家里没钱为她买伤残人士用的脚架，两只脚没有受到保护，令她的脚退化更快。每天上学，都要弟弟扶着她，替她背书包，送她到校。

来到学校，常受到其他小朋友的冷待，小朋友的妈妈常吩咐他们不要和她玩，好像怕她的病会传染似的。曾经许多次，她下课回家向母亲哭诉同学取笑她是跛的，她也常想自己为什么不能和其他同学一样跑跑跳跳。但渐渐地，她由哭诉变为坚定，她告诉自己不可给别人"睇死"，除了跑和跳之外，别人做得到的，她也要做到，虽然可能要比别人付出双倍的时间

和心力。

好不容易完成了中学课程,出来社会找工作,却到处碰钉和饱受歧视。

到商业机构见工，面试的人常问她为何不到社会福利机构工作,以为社会福利机构较易聘请伤残人士,但社会福利机构也把她拒诸门外。一次她到一间老人院见工，院长见她是伤残人士,脸色一沉,还叫她举起双手,活动双手看看,使她明白到原来这些人会因为自己双脚有问题，而怀疑她身体其他部分也有问题,因而会怀疑她的工作能力。

好不容易,她进了葛亮洪师范学院做文员,那时她完全不懂用电脑，这份工却偏偏要常用电脑。上司见她不懂中文打字,问她不懂电脑人事部怎会请她。她坚信别人能做到的,自己必定也能做到。在短短一星期内,她学会了中文电脑,一个月后,她和教她电脑的那位同事比赛打字,还赢了那位同事。

她说：如果给她机会，她一定会全力以赴，绝对不会输给别人。

她并不只想做一个文员，她最希望可以做社工。她曾经到青年协会做义工,辅导放榜的会考生,能够帮助人给她很大的满足感,帮助人的期间更感到自己懂得不够,于是立志要报读社会工作。

自中学毕业起的七年，每一年她都满怀希望去报考社会工作文凭课程,没有一年间断,但每一次都是失望而回,连面试的机会都没有。她很不甘心,想如果给她机会面试,她一定会争取到学席。这样等了一年又一年,失望了一年又一年,直至第七年，她想如果再不行便放弃了，可能自己真的不适合吧！但是在第七年，她有机会面试了，而且真的取得了学席。等了七年，她并没有埋怨，她说这七年的工作经验很有用，而且人成熟些才去读这些有关人的学科，会更有体会，更易明白。

在城市大学完成了社会工作文凭之后，她顺利当上了社工。她认为社会工作的要求很高，做一个成功的社工要有清晰的思路，有反省能力，而且要懂得重视人、尊重人，要对社会有承担。社会工作也许是见到人生晦暗面最多的工作，每天面对这些晦暗面，要有很大的坚持与承担，她坚信每一个人都有自己解决问题的能力，也深信人与人之间的交往，可以建立互信互助的关系。

做社工这些年来，因为她常要做家访的工作，双脚因走动太多而加速退化。这也根源于小时没有用脚架，加上这些年的劳损，骨退化得快，膝头持续剧痛多时，痛到不能上班。于是她开始用脚架和拐杖。脚架很重，而且夹得她的脚很痛，起初她连上小巴和乘电梯也不能，并且因为靠用拐杖走路，手和肩膊长期劳损，令肩膊肌肉纤维化，常常肩背痛。也因为体弱少运动，抵抗力比一般人弱，常常生病，影响读书和工作。她说她一生的付出也比别人多，因为体弱容易疲累，常要用比别人多一倍的时间、精神去应付工作，强打精神去追别人的步伐。这么辛苦，支持她的想法是：别人做到的，她也必定做得到。亦因为一切得来不易，她对别人的要求也高，跟她合作的人，做事是不容苟且的。

一次做物理治疗的时候，物理治疗师告诉她：你是没希望的了，迟早你的骨骼必定退化到要坐轮椅。问她听到这话有没有难过和恐惧，她说已有了心理准备，日后自己的活动范围

会更加缩窄，她已买了一张轮椅放在家里，让自己在心理上逐渐适应。

虽然身体状况越来越差，但她对社会工作从没放弃，她说在做社工这些时日中，令她感到最不开心的，是感到这个社会上的人很疏离，人与人之间没有了关怀和真挚。香港人看重自己的社会地位，认为有名有利才是成功，每个人也很忙，没时间互相沟通与关怀。他们其实常会感到寂寞，但只会等待别人关心，从来不会主动关心别人。

在她的眼中，真正的成功是有好的人际关系，能够了解别人，而且懂得处理自己和别人的情绪。她形容到目前为止，她的理想仍是“Totally lost”，但她深信坚持下去，理想终会发扬光大，人与人之间互相关怀、尊重，有良好沟通的理想境界，可以藉着一传十、十传百，而终有达致的一天。

问她做社工这么多年，为什么还不能“看化”，还这么执着理想。她说她只会看通，不会看化，看通是明白事理，知道事情的前因后果；看化了做事就不会有冲劲，而她至今仍是冲劲十足。

对于不如意事，如果寻求不到解决办法，就接受命运的轨迹安排。她深信下完雨之后一定会有晴天，不会一辈子在黑暗中，永远有光明在等待着她，只在乎信心和盼望。

信、望、爱是人的动力之源，而其中最重要的是爱，作为一位社工，惠娴的爱心是沛然而出的。她说看过一个电视节目，内容讲述一个神父对吸毒者不离不弃，无论被他骂、被他赶，甚至因为那吸毒者屡次重蹈覆辙，家人都放弃了他，但神父仍没有放弃他。她说：相对于这位神父，她付出的仍是不够的。

和她有相同身体状况的人，等人帮助、等人关心的多的是，但她却肯付出双倍努力去帮助人。假如我们肯付出她一半的努力，去帮助别人、关心别人，我想这是对像跟惠娴一样默默耕耘的社会工作者最好的回报。

[逆境强心针]

1　她坚信每一个人都有自己解决问题的能力，也深信人与人之间的交往，可以建立互信互助的关系。

2　真正的成功是有好的人际关系，能够了解别人，而且懂得处理自己和别人的情绪。

3　对于不如意事，如果寻求不到解决办法，就接受命运的轨迹安排。

周礼仪——在绝望之中有祝福

“命运总喜欢跟周礼仪开玩笑，她三番四次由满怀希望跌至全然绝望，是什么令她坚持下去?”

假如有命运，那么可以说命运总喜欢跟周礼仪开玩笑。她三番四次由满怀希望跌至全然绝望，由满心欣喜跌至全然丧志的谷底，这其中，是什么令她坚持下去?是因为她相信忍耐之后有赏赐，在绝望之中有祝福。

周礼仪在十九岁那年，得了个怪病，持续发烧一个多月，后来发现是患了“红斑狼疮”。“红斑狼疮”，在今日来说，尚且是一个令女性谈之色变的病症，何况在十多年前?那时香港医学界对此病知之尚少，更遑论有效的医疗方法。

那时的周礼仪年纪尚轻，以为只是普通疾病，没什么大不了的，而且那时这个病对她的影响，只是间中骨痛而已。但渐渐地，她的骨骼也疼痛起来，她进医院检验，发现“红斑狼疮”已经影响到她的肾功能，令她的肾功能不断衰退。

大约到了十年前，肾的情况变得更差，差到要接受洗肾的程度。她一听到要洗肾，就慌张起来，也曾听过人说洗肾是很累人磨人的，但为了生存，也只好无奈接受。这一洗洗了六年，她的情况越来越差，伴随肾病而来的，还有血压高和心脏胀大。这病把她折磨得死去活来,她终于忍受不住,决定听友人劝告,到内地寻求换肾的渠道。

她被安排到广州一家医院接受治疗，起初因为她身体太差,医生要她调养好身体才可以换肾,一等等了四个月。虽然母亲和丈夫常来探望，但更多时候是独自一个人，孤军作战，滋味甚是难受。而且,这几个月治疗所费不菲,她只好回香港等候消息。

一天,接到电话,广州医院方面告诉她已找到合适的肾脏了,她欢喜莫名,立刻乘火车赶到广州。换肾不是小事情,要经过很详细的检查、化验,然而,检验的结果,却令她空欢喜一场。医生说:肾脏不完全适合她,不能用。

她失望极了,哭了一个晚上,为什么上天要给她希望,又令她失望?她伤心、彷徨，不知道明天还会怎样，幸好有医院的病友安慰她,才不至绝望。她唯有回港,然后隔几天来一次边治疗边等机会了!要一个病人这样香港、广州两边走,是极劳累的事。

两个月之后,医院再通知她找到了合适肾脏,这次她抱着姑且看看的心情去了，检验结果是这次的合适，可以动手术了。

手术之后的几天，她没有不正常反应，这应是成功的了，她和家人都喜气洋洋，因为，她终于可以得到健康的身体，以后有好日子过了。

然而，好景不长。十天之后，她腹痛如绞，医生立即为她检查，发现她患了急性胰腺炎，要用很重剂量的药治理，但用这样的药会对肾脏造成不良影响,如果不用呢?怕连性命也保

不住。终于她和家人都决定用药,但用药的结果,是令她承受到前所未有的痛楚，她接连打了五天吗啡针止痛，但药力一过,她仍会痛得大叫大嚷。五天之后,医生怕她上瘾,竟不肯再为她打吗啡针,只肯为她注射安眠药。但这么痛,怎睡得着呢?她整晚痛得大叫,整座病院的人都听到,她在最痛苦时,不停地骂医生不肯为她止痛,有时真想打开窗纵身跳下去,从此就不用再受痛楚。

在情况好转一点之后,十多岁开始就成为基督徒的她,不断祈祷,她想起耶稣基督钉十字架时,所受的痛苦比她更甚,这样想之后,她得到了安慰,心情也平复下来。住下来一个多月后,情况稍有好转,但她的腹部却肿胀起来,医生告诉她是肾脏受到排斥,要用抗排斥药,但药一打下去,她马上发冷发热,情况甚为不妙。她不肯再用抗排斥药,她怕这样下去,自己会死在广州,因此坚持回香港医治。

一下火车她就被送进医院，医生告诉她是因为手术出了点问题,她的输尿管破了,要吃药等待伤口自己愈合。但等了两个星期，伤口还是没封口，于是医生决定做手术令伤口愈合。

周礼仪以为动了手术伤口好了就会没事，谁知从手术室出来,医生、家人个个面色凝重,像是大祸临头。医生告诉她,因为受到细菌感染,她新换的肾脏已在手术中被取出了!

她一听,真如晴天霹雳,只听到医生说肾脏拿了出来,以后的话都听不进去了。千辛万苦换来的肾脏,现在又没有了,这令她的心情跌至谷底,她感到四周围全是灰暗,她已经完全绝望了。接着的一星期,她对什么也没反应,跟任何人也不说话,她还能说什么呢?哭也哭不出来了。

这几天里,护士和病房病友也看得她很紧,怕她会想不开做傻事,但苦难并非随着希望离开,更多的苦难仍等着她。因为她的伤口不能封口,医生三番四次替她动手术缝针,但医生因为只是缝两三针,没有用麻醉药,这对她又是一番折腾。再三忍受之后,她的情况好转,心情也好转了,住了两个多月医院,她开始重整意志,调养好自己的身体。

一年之后,她再到广州验身,希望找到合适的肾脏。辗转几次之后,她终于在1997年9月再找到合适的肾,手术很顺利,住了不多久,就可以出院回家了。回到香港之后,她的腹部却又再胀大,这次不是肾脏出问题,而是心脏有问题,是心外膜紧缩,令心脏受压。她要住到心脏科深切治疗部,心脏医生要她做手术,但一向医治她的肾外科医生建议她不要做手术,嘱她吃药慢慢医治。

这次的决定没有错,此后,她虽然仍要吃药治理,但总算雨过天晴,可以平静下来了。这十年来的多番折腾,几许希望、失望、绝望,忍受过的痛苦,叫人想起也心酸。命运对她,是否太残忍了些?百般折腾,又会否令她对信仰动摇?

她满有信心地说:不会!在十年前她的情况恶化时,她认识多年的男朋友,竟然因为怕她随时会有不测而另结新欢。这个病令她失去了学业、工作和男朋友,几乎令她一无所有。在最迷惘的时候,她向神呼求,因为前面的路途尽是崎岖,她需要有人与她同行,支持她,爱护她。

有一天,她在医院遇见从前补习学生的家长,大家聊起来,被问及与男朋友相处怎样,她说分开了,那家长说:不要

紧，我给你介绍一个好的。几天之后，那家长真的为她介绍一个男朋友，而这个男朋友，就是日后对她不离不弃，在患难中支持她的丈夫。他没有嫌弃她患病，由始至终陪伴她、支持她、鼓励她。

回望过去的辛酸，周礼仪说危难最多的时候，也是她的生命成长最多的时候。危难过后，她安静下来，数算自己身上的恩典，满心安慰、感谢。

她说自己从小至大也是乐观的人，凡事会向好处想，每事都向前看。不开心的事，她有信心很快会成为过去，很快会忘记，捱过艰苦，她有信心自己很快可以重新站起来。一切苦痛也会成为过去，唯有人与人之间的爱，和痛苦中的祝福会长存。

现在的周礼仪是“肾友会”的义工，常常去探访肾病病人，以过来人的身份去安慰、鼓励他们。每天为别人服务，每天数算身上的恩典，她对生命仍充满着盼望。

[逆境强心针]

1　她相信忍耐之后有赏赐，在绝望之中有祝福。

2　在迷惘的时候，她向神呼求，因为前路尽是崎岖，她需要有人与她同行，支持她，爱护她。

3　危难最多的时候，也是生命成长最多的时候。

4　不开心的事很快便会过去，很快会忘记，唯有人与人之间的爱，和痛苦中的祝福会长存。

伍洁莹——每一天都是赚回来的

“每个人都有自己的困难、压力，富有的人也会为钱而烦恼，贫穷的人反而懂得珍惜，容易满足的人才快乐。”

朋友知道我常到处找人访问，不但朋友知道，朋友做社工的姐姐也知道。

朋友转告她姐姐的话：“她有一个垂死的病人朋友，想写一本书，记下生前的一切。”

朋友语焉不详，说的又是一个朝不保夕的人，我漫应了一声便算。

直至写这本书之时，朋友旧事重提，直接问她姐姐，她说：“不知她现在还在不在呢？”

几个星期后，由再生会的郑姑娘介绍伍洁莹给我做访问，访问结尾的时候，她告诉我她有另一个朋友也提议我访问她，原来她就是朋友姐姐口中那一个“朝不保夕”的人。

经过近一小时的无休对话，才惊悉这个笑声爽朗、生气勃发的人，原来是一个曾预办身后事的垂死者。

1974年，伍洁莹十五岁的时候，发现患上了红斑狼疮。到二十五岁时，病情恶化，影响到肺部和脑部。她要吃重药去治疗，药物的副作用影响了她的外貌，令她的体形变得肥胖、面部浮肿，还伴随着甩头发。她原本快乐的青少年时代蒙上了阴影，变得自卑、内疚——因为连累了家人而内疚。

药物亦令她的骨骼受到侵蚀，她的两条大腿也要动手术换上金属骹，由1980年到1981年，她一共动了三次手术，才令她可以像正常人一样活动自如。

后来她的病情好转，吃药的份量也减轻了，她才可以应付登记护士、电子厂装配工等工作。因为自己的病，她不敢想自己的将来，更不敢想到结婚生子，但缘分的安排好奇怪，在伍洁莹二十九岁的时候，在朋友介绍下，她认识了与她同病相怜——也是患了红斑狼疮的丈夫。

充作冰人的朋友并不知道她丈夫也是患上红斑狼疮的，是缘分的安排，令这两个受同一种病折磨的人成为伴侣，互相照顾。红斑狼疮的患者九成是女性，只有一成是男性，偏巧就让这十分之九遇上她的十分之一。

他们认识了不久就结了婚，一年后还生了孩子。对伍洁莹这一类红斑狼疮的患者来说，怀孕是很危险的，而且流产的机会也很大，但夫妻二人委实喜欢孩子，就一齐来冒一次险，冒险的结果是——他们得到了一个可爱健康的孩子。

然而，孩子出生后不久，他们的幸福生活发生了变化，他们夫妇俩的健康也出了岔子。她的骨骹出了问题，要再做手术，丈夫的肾脏也受红斑狼疮影响，肾功能衰退，要开始在家洗肾，每天要洗四次。夫妇二人同时病倒，而且还要照顾孩子，坚强的伍洁莹没有忘记最初和丈夫结婚时，就是因为同病相怜，要互相照顾。她照顾孩子，还要照顾丈夫，对他安慰劝勉，希望可以互相扶持，渡过难关。

也许是上天要磨练她的意志，她遇到的困难一个比一个大。1997年她身体不适作检查时，医生竟告诉她患了乳癌，要施手术割去一边乳房，才可防止癌病扩散。她只好接受手术，期望手术之后，就可以雨过天晴了。

手术后，她过了一年多平静的生活。但在1998年11月中，她因为背痛去看医生，医生检查后说她体内的癌细胞已经扩展至脊骨，她已到了癌症的末期，体内血小板偏低，随时有中风的危险。

对伍洁莹来说，劫难仿佛早已习惯，但剩下才七岁的儿子怎么办？孩子是自己决定要的，但既然上天准许他来，她相信必定会带他走这条苦难的道路，既然没办法改变，唯有当是给孩子的人生锻炼吧！

那时医院已把她编入“宁养部”，那是为“末期病人”提供善终服务的病房，她问病房的医生自己以后会怎样，医生的回答是：会死。

1999年农历新年前后，她的病情已很危殆，常常流鼻血不止，朋友来探她，也想不出安慰的话语，只好对着她哭。她也请朋友找来教会的牧师，为她安排葬礼的事宜。

牧师跟她谈完葬礼的事后，问她：“你相信有奇迹吗？”她说不信，牧师鼓励她要有信心，她当时只是唯唯诺诺。

已作了最坏打算的伍洁莹，奇迹般地病情没有恶化下去，奇迹般地没有死，奇迹般地血小板再度回升至接近正常，奇迹般地这天健健康康地接受我访问。

她说：“医生也说是奇迹，他问我是怎样令自己的血小板回升的。其实我什么也没有做，只是打了输数，心情反而好

了，人也变得乐观。”

她说：“往后日子的每一天每一分每一秒，也是上天赐给我的，我会好好珍惜。”

我还是问了她这个常问的问题：对自己这坎坷的一生，有没有埋怨？

她说，年青的时候有。那时常想：“母亲只生下哥哥和我，为何哥哥健健康康、顺顺利利，我却遇到的都是逆境。但婚后我照顾丈夫儿子，发觉原来自己可以负上这责任，可以爱人、照顾人，而且可以做得很好，觉得上天并没有亏欠自己。”

在病危的时候，朋友问她有没有不甘心，她却说对这匆匆的四十年，她无怨无悔。

她明白每个人都有自己的困难、压力，富有的人也会为钱而烦恼，贫穷的人反而懂得珍惜，容易满足的人才快乐。

从前，她曾在一个女医生的医务所做登记护士，在她眼中，那女医生得到的一切也是最完美的，她自信、能干，丈夫也是做医生的，家庭幸福，有一子一女，女儿已大学毕业了。

然而，有一天，女医生在电话中告诉她，她的丈夫自杀了。伍洁莹惊闻噩耗，才明白他们也承受着很大的压力，他们也有自己的不开心。

现在的伍洁莹是乐观和容易满足的，她说情绪可以影响人的健康，也会影响人的将来。她和丈夫互相扶持，她的最大盼望是可以看到儿子长大，至少看到他读到中学。

未来是不可知的，她不知道自己的病会否复发，她能做到的，是珍惜现在的健康与快乐，还有，对未来仍是充满盼望。

从前，我曾想写一本有关奇迹的书。奇迹不常发生，却会发生,但无论它会否发生,我相信做一个相信有奇迹的人是比较快乐的。

(在《一朝失意Ⅱ》面世后一个月，伍洁莹和丈夫双双离世，遗下只有十一岁的儿子，交牧师抚养。庆幸在她离世前，这本书可以送到她手中,成为她的一点安慰。她虽然已离世,但她乐观和充满盼望的精神,永久长存。)

[逆境强心针]

1　要乐观,容易满足的人才快乐。

2　情绪可以影响人的健康,也会影响人的将来,所以保持心境愉快是重要的。

3　珍惜现在的健康与快乐,同时要对未来充满盼望。

梁嘉丽——对义务工作不离不弃

"她常去探访病人，用自己的经历、自己的意志去鼓励他人。"

眼前坐着的，是一位精神矍铄、态度友善的女士，当我猜想她是患了什么病而又怎样获得再生会选她为再生勇士时，她告诉我，她幼年时脑部缺氧，导致身体残缺、行动不便。

啊！怎么我之前没留意，竟没发现她行动不便，但也许这是一个好的开始，因为可以不带任何成见去访问她、了解她。

今年再生会选出的十大再生勇士之一——梁嘉丽，她还在婴儿阶段的时候，因为脑部缺氧，险死还生。因为家住偏远的茶果岭，母亲将她送到医院时，她已因为部分脑细胞死亡，而影响脑部的局部能力及记忆。她说，就因为这样，她到九个月大仍不能坐，她的身体是一边大一边细的。

到了八岁，她得到医院安排，做了一次"放筋"的手术，将她的脚筋拉长，她走路才容易一点。她说从前，她因为走路时甚吃力，是每星期穿破一对鞋的。

当时，因为她家境不好，她下面还有妹妹，母亲每天一手抱着她，一手拉着她的妹妹送她上学，走得狼狈，她形容那时是边行边跌的，直到做了手术，她走路时才容易一点。

她由童年到青年时代，做了大大小小的手术，到十八、九岁时，又再做了“拉筋”的手术，从前她是吊着脚来步行的，手术后终于可以放下脚行了。想不到，在常人看成这么自然的放下脚自在走路，于她，却是历经了十多年做了好几次手术才做到的事。原来，不只幸福不是必然，做一个健全的平常人，也不是十分容易的事。

梁嘉丽的童年时代，除了行动不便以外，也饱受歧视。小学同学常笑她“跛妹”，老师也不让她参与校内的旅行和外出的活动。可幸她有一个任劳任怨、永远支持她的母亲，母亲教她当取笑她的人是在“唱歌”，她亦渐渐学会接受自己，不应因为不如意的事而放弃自己。

她长大之后被安排入庇护工场，后来又找到车衣的工作，以为可以抒一口气，从此过些安乐日子。谁知在1986年她被发现患有隐性羊痫症，令她需要长期吃药、不断接受治疗。

此后，她又因为发病而从楼梯上跌了下来，跌伤了后脑，在医院住了两个月。她说那时后脑有鸡蛋般大的瘀血，替她做手术的医生说她差0.5%就会变成植物人。

我问她，面对这么多变迁、这么坎坷的遭遇，会不会埋怨？会不会不甘心？她说从前也试过不甘心，但因为有一个坚强豁达的母亲，对她不离不弃，这是她最大的支持，最大的幸运。在去年她跌倒之后，母亲本来因为患了癌症要动手术，但母亲也坚持要等她病情好转，自己才动手术。伟大的母爱，令人感动。

梁嘉丽参加再生勇士选举，是伤健协会职员提名的。她已做了伤健协会的义工十多年，因为在庇护工场学过手语，这有助她与其他身体有缺陷的人沟通。她常常去探访病人，用

自己的经历、自己的意志去鼓励他人。她获选为再生勇士，实至名归。

她说参加了伤健协会之后，她开放了自己，心态也不同了，她仿佛得了新生命，人生有了转捩点，由从前一个极静不说话的人，变得开朗，而且与人沟通时对答如流。

看见现在许多年青人都不大懂得珍惜生命，遇到挫折时容易放弃自己，梁嘉丽感到十分惋惜和不值。她认为生命并非如此脆弱的，只要自己去争取、坚持，必定会有所得。她说童年时看过一部叫《我女若兰》的电影，讲一个小儿麻痹症的女孩，少年时有跳芭蕾舞的心愿，几经努力，长大之后她真的能跳芭蕾舞，这个故事亦成为她成长的鼓励。

我知道梁嘉丽安谧的笑容后面有许多辛酸和挣扎，可是她的表现却是这般坚强和从容。她告诉我做义工的时候，会遇到突然失控、大力打她一拳的病人，她多次中招，却从未想过放弃。

我想，她对义务工作的不离不弃，也许源于她母亲对她的不离不弃。也因为我们的坚持与承传，生活中的好人好事得以不断的延续下去，继续感动其他人。

[逆境强心针]

1　当别人的取笑是在"唱歌"，并学会接受自己，不应因不如意的事而放弃自己。

2　生命并非如此脆弱，只要自己去争取、坚持，必定会有所得。

附　录

你可能患了忧郁症!

你是否正在经历长时间的不开心? 事事提不起劲? 觉得停滞不前? 觉得人生没意义? 甚至有早点结束生命的想法? 如果答案是多项的"是",你可能患上了忧郁症。

先别给"忧郁症"这个名称吓着,无论你是否患上这个病,请你尝试了解它。

周淑屏不是心理学家,也不是对这问题很有研究,只是翻过几本关于忧郁症的书,参考写成这篇文字与你分享。

忧郁症被称为心理病中的"普通感冒",研究发现百分之七十的美国成年人,一生中至少有过一次重度忧郁症。

各种年纪、阶层、经济状况、教育程度的人也可能患上此症。积极点看,忧郁症像发烧一样,可以是人本身身体上、精神上或是情绪上产生问题的一种信号,正视自己的忧郁情绪,正确地处理它,可能是提升自己生活的开端。

这不是心理专著,也不是研究报告,让我们以消闲的心情,浏览一下这种病症是什么玩意儿。

让我们来个测试!

请用玩心理测验游戏的心情做以下的测试。如果下面的情况在你身上连续出现两个星期以上，请在题目前勾一勾：

主要状况：

(　　)你整天情绪低落。

(　　)你对什么也提不起劲。

其他状况：

(　　)明显地没有食欲。

(　　)明显地胃口特大。

(　　)整天都想睡。

(　　)每夜都睡不着。

(　　)做事节奏变得缓慢。

(　　)做事节奏变得很快。

(　　)常常觉得疲累。

(　　)觉得自己一无是处。

(　　)充满罪疚感。

(　　)注意力难以集中。

(　　)常有死亡或自杀的想法。

如果你有两项主要状况的其中一项，又有其他状况的四项或以上，而这些状况经常出现，又至少持续了两星期，你就得正视这个问题，因为你可能得了忧郁症。

你的忧郁原因可能是近期发生了什么事影响你，或者只是短暂的情绪不好，但也请你小心，因为短暂的情绪不好，若处理不当，也可能陷入忧郁的恶性循环，预防胜于治疗，病向浅中医嘛!

严重的忧郁症是不良情绪持续一段长时间，甚至无法自拔，丧失了令自己快乐的能力，日常生活也受到严重干扰。也有些人是患了“躁郁症”，即是有时情绪很低落，有时却相反地情绪很高涨，总之是情绪波动很大，容易过度悲观和过度乐观。也有些忧郁症是随着季节变化而来的，这种病的名称叫SAD，SAD——悲伤，它的全名是 Seasonal Affective Disorder (季节性情感障碍)。

忧郁症的成因现在还不很清楚，有人说它与 DNA 有关，有研究数字显示有些家庭患上忧郁症的人口比例较一般人高，那可能是家庭环境与气氛使然。然而，很有可能的是，遗传基因中可能有容易步向忧郁症的组合，例如对压力的承受程度，对被拒绝的看法，对情感痛苦的敏感度和感受快乐的能力等等。

忧郁症也可能与人脑中重要的化学成分失去平衡有关，脑里的神经细胞间传递讯息方面遇到障碍，就会令人的情绪控制能力受到影响。

为自己的忧郁情绪寻根……

姑且勿论是遗传基因也好，脑的神经细胞出了问题也好，我们要尝试为此寻根，才可以对症下药。请尝试问问自己，以下各项是否对你构成影响？

- 你家族中有人长期极度忧郁？
- 你的童年非常不快乐？
- 你曾经受到身心等的虐待？
- 你曾经历过惨痛的失落？
- 你有酗酒或药物的瘾症？
- 你的荷尔蒙周期不正常？

· 你在某些季节特别忧郁?

找到了成因没有? 找到了, 别担心, 有成因就有解决办法。找不到? 可以找朋友帮忙分析, 或者, 寻找心理辅导师的帮助。别介意向人求助, 人是互相帮助的群体, 谁敢保证自己百分之一百身心健康? 谁敢说自己不需要别人帮忙?

我们能够为自己做什么?

治疗忧郁症, 可以服食抗忧郁药物, 也可以透过治疗师的心理辅导与治疗, 也有些人仰赖宗教, 正是各师各法。笔者重申自己不想冒充心理学家, 只是, 想在这里指出一个需留意的现象——情绪低落是一个恶性循环, 只要勇于打破这个恶性循环, 就可能有一点点改变, 建立一个健康的良性循环。

人的思想、感觉和行为三者之间密切相连, 并微妙地平衡, 当三者之间任何一方受到忧郁情绪的侵入, 其他两方面也连带受到影响。

人的思想本身影响对事物的看法——譬如对自己的现在、过去与未来持负面想法的人, 特别容易产生悲哀、绝望、易怒、空虚和挫折的情绪, 而这些情绪常常会令我们做出退缩、逃避、远离人群等行为。说这三者是恶性循环, 是我们在做出退缩、逃避的行为时, 别人对我们的态度也是抗拒的, 因而又会影响我们有不良的情绪, 再而产生负面的想法。

既然我们已经知道这三者是循环而互相影响的, 那亦表示只要令这三者的其中之一改变, 就可以改变其他两项, 进而打破这个恶性循环。

你也想作些改变或努力, 去尝试改变这个恶性循环吧? 现

在，请你尝试检视自己的思想、情绪和行为：

(1)思想：你是否常这样想——

(　　)我从没做过有意义、有用的事。

(　　)我是生不逢时的。

(　　)我总是遇人不淑。

(　　)我不配遇到好事情、好运气。

(　　)每件事情发展得太顺利就意味着即将出现危机。

(　　)我再努力也是没用的。

(　　)我这一生也会郁郁不得志。

(　　)我总是及不上别人的。

(2)情绪：你是否常常感到——

(　　)沮丧　(　　)挫折　(　　)愤怒

(　　)绝望

(　　)失落　(　　)忧虑　(　　)空虚

(　　)悲哀

(3)行为：你是否时常这样做——

(　　)躲避其他人。

(　　)懒做任何活动。

(　　)不想认识新朋友。

(　　)因循怠惰，得过且过。

(　　)只做琐事，不会集中精神做重要的事。

(　　)睡得太多或太少。

(　　)吃得太多或太少。

(　　)从不为自己争取什么。

记清楚了吧？你有这些思想、情绪、行动，而这三者互相影响着，令你长期郁郁寡欢，了无生趣。想改变这种光景吗？你可以的。从这个恶性循环的三者中找个缺口，攻陷其中一项，把它改变过来，你就可以站起来重新上路。

下面提供几项可以改变负面思想、情绪、行为的方法，提供给你参考。事先声明，这些方法应用过在某些人身上有用，我不写包单，每个人情况不同，还要看你自己啊！

(1)向负面思想挑战：

·阅读些传播积极、乐观思想的书籍，如《我变快乐了》、《心灵鸡汤》之类。

·每天在对着镜子说些肯定自己的话，如“我真棒”、“我真漂亮”、“我真俊俏”、“我充满力量”之类。

·静心思考自己以往的行事为人，找出一点点自己做得好、做得成功的地方，写出来，每天提醒自己是有价值的。

·抽出时间来，想象一下自己得到幸福、达成理想时的景象，不妨想得仔细一些、真实一些，完全投入进去。

(2)拥有好情绪：

·看笑片、笑话或漫画(如《叮当》)，让你知道自己还是懂得笑的，有能力令自己开心的。

·避免跟思想消极、怨天尤人的人交谈。蔡澜说过，和消极的人交谈是在消耗自己的力量。

·考虑重新布置自己的房间、办公桌，穿些色彩鲜艳的衣服吧！

·找些宠爱自己的方法，例如去按摩减压、洗个热水澡、听一些好音乐啦！

(3)积极进取的行为：

·多和成功、有自信、令人愉快的朋友聚会、交谈。

·多认识新朋友,参加些有趣的聚会、组织。

·多做运动，做运动可令大脑分泌出令人精神愉快的物质。

·学些能发挥创意的兴趣。

·做点义工或善事,如助养儿童、捐血、捐钱帮助奥比斯、宣明会、苗圃行动啦。我就用过这样的方法:每次情绪低落,就要罚/奖自己做一件善事/对人有益的事。小低落做小善事,大低落做大善事。况且,学习将注意力放在别人身上,不集中于自己的不快上,对自己的感觉会好些。

·找一点事来做,无论什么事,总比坐着自怨自艾好。做一点小事,无论收拾房间或做一次义工,也会为自己带来一点成功感,一点满足感,自信心就是这样逐步建立起来的,无力感就会被驱逐了。

忧郁的正面意义

有没有弄错?忧郁也有正面意义?没弄错啦!

*忧郁可以令你退下来好好检讨自己的人生，它可能只是一种信号，告诉你人生的某方面出了问题，或失去了平衡，正视问题、检讨、改善,它帮助你重新踏上健康强健、身心均衡之路。

*忧郁可以是一个歇息站,令你停下来,检查自己的行囊缺少了什么,补足装备,就能帮助你走更远的路。

*你的人生是否正停滞不前?或者到了转捩点而不自知?忧郁可能只是你没勇气迎接改变的缓冲区,退下来静思反省,

积蓄勇气就能开创明天新气象。

*这些年来，拼搏的你可能受了许多伤，有许多伤口而不自知，也许人生的压力已压得你快要爆破，忧郁症使你静下来，休养疗伤，调养好身子再去拼搏吧！

你身边有许多人

忧郁是桥梁而不是深渊，正视它，接受它，你才能处理它。忧郁带来心灵的信息，令你更了解到自己心灵深处的需要。

忧郁是孤独的体验，但它使你了解到其实每一个人的生活都是艰苦的，你的身旁还有许多过来人，或者和你一样处于水深火热的人。你并不寂寞，你有许多同途人。这本书的编写目的，是让每一个忧伤、绝望的人，借助这本书作为一个交汇点，在此时此地遇上同途人。他们和你一同痛哭过，他们的人生路一点不比你容易走，他们的身上也是伤痕累累……只是他们已能走出困境，他们能，你也能。

这里有十八个同途人的故事，他们踏过用忧郁、哀伤筑成的桥梁，现正在前面欣赏美好风光，你呢？

（部分资料取材自派翠西亚·欧文著的《解放忧郁情绪》）

图书在版编目(CIP)数据

逆境强心针/周淑屏著 .—上海:上海古籍出版社,
2002.6
("成长之路")
ISBN 7-5325-3167-8

I.逆… II.周… III.成功心理学-通俗读物
IV.B848.4-49

中国版本图书馆 CIP 数据核字(2002)第 034041 号

成长之路

逆境强心针

周淑屏 著

上海古籍出版社出版、发行

(上海瑞金二路 272 号 邮政编码 200020)

(1)网址:www.guji.com.cn

(2)E-mail:gujil@guji.com.cn

新华书店上海发行所发行经销 上海华成印刷装帧有限公司印刷

开本 850×1156 1/32 印张 4.125 插页 2 字数 63,000

2002 年 6 月第 1 版 2002 年 6 月第 1 次印刷

印数:1—6,000

ISBN 7-5325-3164-3

G·249 定价:12.00 元

如有质量问题,请与承印公司联系 T:62662100